Karl Gutzkow

Berlin - Panorama einer Weltstadt

weitsuechtig

Karl Gutzkow

Berlin - Panorama einer Weltstadt

ISBN/EAN: 9783956560347

Auflage: 1

Erscheinungsjahr: 2013

Erscheinungsort: Bremen, Deutschland

weitsuechtig

Inhaltsverzeichnis

I. "Weltstadt" — Panorama

Cafe Stehely (1831)

Ob man bei Stehely einen Begriff von der Verberlinerung der Literatur bekommen kann — ganz gewiss, oder man muesste sich taeuschen in dieser stummen Bewegungssprache, die einen Haufen von Zeitschriften mit wilder Begier und neidischem Blick zusammentraegt, ihn mit der Linken sichert und mit der Rechten eine nach der andern vor die starren, teilnahmslosen Gesichtszuege haelt. Die Eisenstange und das Schloss des Journals scheint mit schwerer Gewalt auch seine Zunge zu fesseln — wer wuerde hier seinen Nachbar auf eine interessante Notiz aufmerksam machen? Ein feindliches Heer koennte eine Meile von Berlin entfernt sein, kein Mensch wuerde die Geschichte vortragen, man wuerde auf den Druck warten und auch dann noch ein Exemplar durch aller Haende wandern lassen — fast in der Weise, wie in Stralow die honetten Leute vor jeder lebhafteren Gruppe vorbeigehen mit dem troestenden Zuruf, man wuerd' es ja morgen gedruckt lesen.

Stehelys Besucher bilden natuerlich zwei Klassen, die Jungen und die Alten, mit der naeheren Bezeichnung, dass die Jungen ans Alter, die Alten an die Jugend denken. Jene sind Literaten in der guten Hoffnung, einst sich so zu sehen, wie man jetzt die Klassiker sieht, weihrauchumnebelt; diese sind Beamte, alte Offiziers, die in einem Atem von den politischen Stellungen des preussischen Staats, den Fuessen der Elsler, den Koloraturen der Sontag, dem Spiel der Schechner sprechen! Nichts Unerbaulicheres! Vor dem Gespraech dieser alten Gecken moechte man sich die Ohren zuhalten, oder in die einsamere Klause des letzten Zimmers fluechten. Schon wenn sie angestiegen kommen, zumal jetzt im Winter; diese dummen, loyalen Gesichter, diese Socken und Pelzschuhe, deren Tritt nicht das leiseste Ohr erspaehen koennte. Triumphierend rufen sie um die "Staatszeitung", forschen nach den privatoffiziellen Erklaerungen eines H., v. R., v. Wsn. Hierauf lesen sie die Berliner Korrespondenzen in der "Allgemeinen Zeitung", die ja wohl der Ausdruck der Berliner oeffentlichen Meinung, als wenn es eine solche gaebe, sein sollen, und wenn sie sich dann noch an den logischen Demonstrationen der Mitteilungen aus der "Posener Zeitung" gestaerkt haben, fallen sie uebers Theater her und man muss sie verlassen. Ichnen am naechsten stehen einige langgestreckte Gardeleutnants und Referendare, die sich dadurch unterscheiden, dass die einen viel sprechen und wenig denken, die andern wenig denken und viel sprechen. Diese geben den Uebergang zu den schon vorhin bezeichneten Juengeren, auf die wir unten des breiteren zurueckkommen muessen.

Es fehlt hier also durchaus nicht an den Mitteln und Elementen, sich ein Bild der Berlinerei vorzufuehren. Man verlasse das Lokal und bei jeder Aussicht wird man fuer sein Bild noch immer treffendere und bezeichnendere Zuege finden. Sogleich die Ansicht einer Kirche, die ausserdem, dass sie eine Kirche ist, auch keine ist. Wie ein Luftball, der unten einen Fallschirm zur Sicherheit traegt, erhebt sich die stolze Vorderseite dieses

Domes, leere Steinmassen und hohler Prunk, und hinten dann das geschmackloseste Anhaengsel einer kappenfoermigen Kuppel, die doch das Wahre an dem ganzen Laerm ist in ihrer sonntaeglichen Bestimmung. Wiederum vom Opernplatz aus furchtbare Steinmassen, Urkunden des Ungeschmacks aus dem 16ten und 17ten Saekulum, Hunderte von Fenstern erinnern an die Zeiten der Aufklaerung und der Illuminaten, die kahlen Kulturversuche finden sich wieder in diesen leeren Waenden, die sich ohne Unterbrechung 80-90 Fuss in die Hoehe glaetten. Gilt dies freilich mehr gegen eine vergangene Zeit, so haelt es doch nicht schwer, das alles wiederzufinden in der Galanteriewarenmanier der neuesten Bauten, wo der Ernst nur ein uebertuenchter ist …

Cholera in Berlin (1831)

… Im gegenwaertigen Augenblick beschaeftigt uns am meisten die seit dem ersten d. M. hier wirklich angekommene Cholera: Auf der Frankfurter Journaliere erwartet und auf die Kontumazanstalt verwiesen, hat sie einen anderen Weg genommen, durch den Finowkanal. Die naeheren Umstaende des ersten Cholerafalles sind in der Tat tragikomisch, der Schluss fast balladenartig. An die Moeglichkeit, dass die Cholera nach Charlottenburg (eine halbe Meile von Berlin) kaeme, hatte man nicht gedacht, der Hof hatte sich im dortigen Schlosse absperren wollen und eine Anzahl Proviantwagen war schon dahin abgegangen. Da erscholl ploetzlich von dorther die Kunde von einem an der Cholera gestorbenen Schiffer. Polizeibeamte und die wachslinnenen, steifen Harnischmaenner, die zur Wartung der Cholerakranken eigens errichtete Garde, eilen hinaus und in dem stolzen Bewusstsein, im Kampfe die ersten zu sein, tun sie sich ein wenig zu Gute. Der Tote wird eingesargt, und des Nachts sollen ihn die Waerter auf einem Kahne vom Schiffe abholen; doch am andern Morgen erfuhr man, dass bis auf einen ans Ufer getriebenen Mann alle untergegangen, und die Fischer bei Spandau einen Sarg im Netze gefangen hatten. Da nun dieser mit der Spree in Beruehrung gekommen ist, will man weder Fische noch Krebse essen. Jene Proviantwagen sind auch wieder zurueckgekehrt, und soviel man weiss, wird sich der Koenig auf die Pfaueninsel bei Potsdam begeben.

Der erste Erkrankungsfall in Berlin selbst war der eines Schiffers, gerade in der Mitte der Stadt. Bis jetzt sollen 29 erkrankt und 21 gestorben sein. Man klagt ueber die Mutlosigkeit und Unbeholfenheit der hiesigen Aerzte: Wir hatten gehofft, erfahrene Maenner aus den infizierten Gegenden hieher gezogen zu sehen; doch ist von einer solchen Sorgfalt noch nichts bekannt geworden. Die oeffentliche Stimmung ist bis jetzt noch so ziemlich gemaessigt, doch sind Vergnuegungsoerter gegenwaertig weniger besucht, und das Raffen nach Praeservativen, Leibbinden, Harzpflastern ist allgemein; Dienstboten werden entlassen, manche Nahrungszweige stocken gaenzlich. Es lassen sich die Folgen des kommenden Elends noch nicht berechnen.

Alte Bauten — neue Bauten (1832)

... In den langweiligen Zeiten der Restauration, vor den militaerischen Ruestungen und den Verheerungen der Cholera, waren die Kassen des Staats reicher gefuellt als gegenwaertig. Berlin war in zunehmender Verschoenerung begriffen; die Auffuehrung vieler oeffentlicher Gebaeude liess ebensosehr den Geschmack bewundern, in dem sie angelegt und vollendet wurden, als die Vorsicht loben, die einem grossen Teile unserer Proletairs eine reichliche Nahrungsquelle sicherte. Diese Baulust ging damals auch auf Privatleute ueber, deren Geld und Unternehmungsgeist Berlin um ein prachtvoll gebautes Stadtquartier vergroesserte. Aber auch von dieser Seite stehen alle Plane gegenwaertig still. Die beiden oeffentlichen Bauten, an die in diesem Augenblick allein gedacht wird, sind die voellige Umgestaltung des sogenannten Packhofes, eines Stapelplatzes und Warenlagers fuer die ankommenden Kaufmannsgueter, und ein kuenftiger Neubau der Bauakademie. Wer in Berlin gewesen ist, weiss, dass er, um vom Schlossplatze nach der Jaegerstrasse zu kommen, sich durch die lebhafteste, aber zugleich auch engste Passage, die Werderschen Muehlen, die Schleusenbruecken, die Verbindung unserer Alt- und Neustadt, durchwinden muss. Spaeter wird diese unbequeme Gegend gelichtet werden. Dicht an der genannten Bruecke wird rechts ein freier Platz beginnen, der die Aussicht nach dem Packhofgebaeude und der Werderschen Kirche frei macht. Gewinnen werden bei einem solchen Projekt die Besitzer jenes Haeuserwinkels von der

Niederlagstrasse bis zur Bruecke, verlieren aber muss die kleine, winzige Werdersche Kirche, deren Unbedeutendheit bei einer grossartigern und freiern Umgebung nur deutlicher hervortreten wird.

Der Bau der obengenannten Akademie hat noch nicht begonnen, aber es kann auch noch lang mit ihm anstehen, da der gegenwaertige Zustand dieses Instituts einen so bedeutenden Kostenaufwand nicht vergilt. Diese einst so bluehende Anstalt ist gegenwaertig durch die Eroeffnung neuer Provinzialbauschulen und die Gewerbeakademie, die sich unter der Leitung des Hrn. Beuth, unsers kuenftigen Handels- und Gewerbeministers, immer mehr hebt, in die tiefste Zerruettung gesunken, so dass die Zahl der an ihr angestellten Lehrer der der Schueler gleichkommen mag. Darum bleibt vielleicht dieses Bauprojekt einstweilen noch unausgefuehrt....

Dom, Schauspielhaus — "Sechserbruecke" (1840)

Von meiner Wohnung aus ist mir ein Blick auf die Umgebungen des Schlosses gewaehrt, auf eine Ueberfuelle von grossen Gebaeuden, die die Gegend von dem Anfang der Linden bis zum Dom zu einem der merkwuerdigsten Plaetze Europas machen. Stoerten mich nur nicht am Dom die beiden Zwillingsableger des grossen Turms! Neben einer grossen Kuppel, die schon an sich unwesentlich ist, da sie fuer das Innere der Kirche gar keinen Wert hat, sondern nur als blosse architektonische Verzierung dient, haben sich noch

zwei kleine Schwalbennester wie zwei Major-
Epauletts niedergelassen. Man hatte dabei wahrscheinlich die Isaakskirche in Petersburg vor
Augen; aber dort gehoeren diese kleinen Tuerme
zum Kultus, indem sie auf einzelne Kapellen Licht
fallen lassen, sie sind so zahlreich bei den russischen Kirchen angebracht, dass sie schon dadurch
etwas fuer die dortige heilige Architektur Wesent-
liches vorstellen. Hier in Berlin, wo man so viel
Russisches in der Politik und den Militaeruni-
formen nachahmte, wollte man auch der Haupt-
kirche der Stadt eine russische Perspektive geben
und Schinkel war schwach genug, die beiden kleinen Vogelbauer neben den groessern Turm der
Kirche zwecklos und unschoen hinzustellen.
Ueberhaupt wuerden die Gebaeude der Residenz
mehr kuenstlerischen Wert haben, wenn Schinkel,
ein so reicher, erfinderischer, sinniger Kopf, jenen
echten Kuenstlerstolz besaesse, der ihn verhindert
haette, Aenderungen seiner urspruenglichen Bau-
plaene hinzunehmen. Eine hoehere Hand, deren
Munifizenz allerdings ruhmvoll anerkannt werden
muss, strich ihm bei vielen seiner vorgelegten Bau-
plaene meist immer das Charakteristische und
Kecke weg. Alles Hohe, Hinausspringende, Hin-
ausragende (z.B. dreist aufschiessende Tuerme an
den Kirchen) wird von einem an sich ganz acht-
baren, aber in Kunstsachen unbequemen Sinn fuer
das Bequeme, Bescheidene, Zurueckhaltende weg-
gewuenscht. Es ist nicht ruehmlich fuer Schinkel,
dass er bei seinen zahlreichen Baugrundrissen dem
Kuenstlerstolz so viel vergeben hat.
Schinkel hat in seinen geistvoll geschriebenen Er-

laeuterungen zu seinen Bauten auch alle die Umstaende angefuehrt, die ihn bewogen, dem Schauspielhause seine jetzige Gestalt zu geben. Wenn an
einem oeffentlichen Gebaeude die Fassade nicht
einmal als Ein- und Ausgang benutzt wird, wenn
man auf einer grossen Freitreppe Gras wachsen
sieht, so regt sich unwillkuerlich das Gefuehl, das
Unbenutzte auch fuer eine Ueberladung zu halten.
Doch moegen die Kenner ueber den aeussern ar-
chitektonischen Wert des Schauspielhauses entscheiden! Das Innere dieses Theaters, wiederum
nicht ausgehend von der speziellen Ansicht Schinkels, hat ganz jenen gedrueckten Miniatur- und
Privatcharakter, den ein Haus, das frueher Natio-
naltheater hiess, nicht haben sollte. Es waere vielleicht nicht noetig gewesen, dies Theater groesser,
als fuer 1200 Menschen zu bauen; aber warum
dieser wunderliche Charakter der Isolierung in der
Anlage des Ganzen? Ein Rang ist dem andern un-
sichtbar. Das Parterre und die Parkettlogen sehen
nichts von den Raengen. Man weiss an einer Stelle
des Hauses nicht, ob es an der andern besetzt ist.
Eine Uebersicht des Ganzen ist nur auf dem Pro-
szenium und Podium moeglich, so dass man, um
zu wissen, ob das Haus besetzt war, die Schauspieler fragen muss. Jedenfalls geht durch dieses
Privatliche, das dem Hause aufgedrueckt ist, zwei-
erlei verloren. Einmal eine groessere gesellschaftliche Annehmlichkeit. Da sich das ganze Publikum
nicht beisammen sieht, da der eine dem Auge des
andern entzogen ist, so faellt der Charakter einer
geselligen Zusammenkunft, der so oft fuer eine
schlechte Vorstellung Ersatz geben koennte, in
diesem Theater gaenzlich weg. Man kann Bruder

und Schwester im Theater haben und sieht sie nicht. Das zweite Unangenehme dieser winkeligen Bauart ist, dass sich das Publikum nicht als solches bildet. Publikum heisst eine Masse, die sich ihrer Kraft ansichtig ist und das Bewusstsein einer Korporation dem Spiel gegenueber zu behaupten weiss. Wo man im Parterre nicht sehen kann, welche Mienen der zweite Rang macht, wo ein Besucher des Theaters nur immer auf den Ruecken des andern angewiesen ist, da kann auch keine Totalitaet des Urteils stattfinden; jeder ist auf sich angewiesen und der Schauspieler bleibt ohne die richtige Wuerdigung seiner Leistung. Mir haben viele Schauspieler gesagt, dass Berlin kein Publikum mehr hat. Der Grund liegt darin, dass die Lokalitaet dieses Publikum verhindert, sich als solches kennenzulernen und auszubilden....

Noch eine Bemerkung will ich hier machen. Von meinem Gasthofe fuehrt eine Bruecke auf den Schlossplatz. Diese Passage ist nur fuer ein kleines Brueckengeld gestattet, welches von einer Gesellschaft, die diese Verbindung auf eigene Kosten anlegte, erhoben wird. Jeder Buergerliche zahlt am Ende der Bruecke eine Kleinigkeit. Das Militaer ist frei. Warum? Ich denke, weil die gemeinen Soldaten in Berlin herumzuschlendern pflegen und von der Bedeutung dieses Brueckengeldes schwerlich eine Vorstellung haben. Es wuerde ein ewiges Zurueckweisen sein, Haendel geben und deshalb laesst man Soldaten frei passieren. Wie aber nun die Offiziere? Wird man nicht annehmen, dass diese eine so kleine Verguenstigung verschmaehen und mit echtem point d'honneur da nicht frei

voruebergehen werden, wo eben eine arme alte
Frau oder ein Handwerker seinen Sechser bezahlt?
Nein, ein General geht mit einem Buergerlichen
hinueber: Der Buergerliche bezahlt, der General
nicht. Ich denke nun jeden Morgen und Abend
nach, wie ein so achtbarer, auf das Feinste seines
Ehrgefuehls wahrender Stand, das preussische
Garde-Offizier-Korps, sich daran gewoehnen
kann, von einer winzigen Steuer, die ihm allerdings erlassen ist, sich so loszusagen, dass er in der
Tat von jener Verguenstigung Gebrauch macht.
Waer' ich Offizier, ich wuerde es fuer beleidigend
halten, wollte man mir zumuten, von einer Steuer
dieser Art, die den Aermsten trifft, mich zu be-
freien.

Ich schliesse daraus, wie wenig das, was wir Ehre
nennen, doch als etwas Urspruengliches im Menschen ausgebildet ist; denn sehen wir hier nicht,
dass eine in diesem Punkte sehr zartfuehlende
Menschenklasse dennoch in einer Ehrensache ganz
von der Sitte und der Gewoehnung abhaengen
kann und wie leicht wir ueber etwas, das sich der
Einzelne nicht gestatten wuerde, hinweggehen,
wenn es von allen angenommen wird?

Blumenausstellung in Stralow (1840)

Was rennt das Volk? Was stroemt es durch die
Gassen? Alles eilt hinaus in die Gegend des lieb-
lichen Stralow: In die Blumenausstellung, nach
dem Hyazinthen-Flor. Eine halbe Stunde musst'
ich mit meinem Wagen Queue machen, eh' ich vor
dem Eingang zu Faust und Moewes aussteigen

konnte. Schon aus weiter Entfernung, mehre Strassen vorher, riecht man die von Hyazinthen parfuemierte Luft. Tausende von Menschen draengen sich in grossen, feldaehnlichen Gaerten und bewundern ungeheure Anlagen von Hyazinthenbeeten, die auf den Effekt hin gepflanzt sind, sich in den buntesten Schattierungen abloesen, ja sogar grosse, riesige Figuren zu bilden, z.B. einen Floratempel, ein "eisernes Kreuz" und dergleichen Zusammenstellungen. In Harlem koennen nicht groessere Blumenmassen beisammenstehen. Indessen gerade dies Hollaendische ist abstossend. Man wird gegen den Reiz der Blumen unempfindlich, wenn man sie in Massen versammelt sieht. Nun gar zur Bildung von allerhand Symbolen missbraucht, hat die Blume nur noch den Wert der Farbe, und das Freie, Selbstaendige, das Duftige derselben geht mit dieser Bestimmung verloren.

Hier sind meine Berliner recht in ihrem Element. Eine Anlage ohne Schatten schreckt sie bei der gluehendsten Hitze nicht ab. Ein dumpfes Musikgedudel nennen sie musikalische Unterhaltung. Vorn an der Kasse zieht man ein Los, zahlt dafuer 5 Silbergroschen und gewinnt gewoehnlich nur einen Strauss, den man auf dem Gendarmenmarkt fuer 4 Pfennige kauft. Was liesse sich unter dem Titel "Die Blumenverlosung" nicht fuer eine huebsche Lokalposse schreiben. Hier laufen in Berlin soviel "volkswitzige" Schriftsteller herum, warum erfinden diese Leute nicht dergleichen Spaesse fuer die Koenigsstaedter Buehne? Herr Glassbrenner schreibt kleine Broschueren, worin er Berliner sogenannte Volkscharaktere sich im geschraubtesten und gemeinsten Berliner Jargon ueber das Hundertste und Tausendste unterhalten laesst; nein; auf der Buehne, im sinnigen Arrangement solcher Lokalscherze bewaehrt sich der Beruf zum Volksschriftsteller. Beckmann z.B. ist ein so willkommnes Menschengeruest, auf welches man die drolligsten Erfindungen haengen kann. In der Blumenverlosung denk ich mir ihn mit der gruenen Gaertnerschuerze am Eingang eines Treibhauses und die Gewinste austeilend. Er entfaltet die Nummer: "Sie erhalten, Madame, einen kleinen Ableger einer neuerfundenen Pflanze, die erst kuerzlich auf der Pfaueninsel entdeckt und aus Amerika hier eingefuehrt wurde." Die Dame sagt: "Mein Gott, das ist ja nichts als eine Maiblume mit einem Salatblatt." Darauf muesste Beckmann replizieren und seine botanischen Kenntnisse entwickeln. Zum Schluss koennte durch die Blume noch eine Heirat zustande kommen. Warum schreibt Herr Cerf keine Konkurrenzpreise aus?

Notizen (1841)

Ein Pietist Unter den Linden

Nach einigen sehr staubigen, schwuelen Tagen hatte es endlich geregnet. Der schoenste Sonntagmorgen lockte unabsehbare Menschenscharen unter die Linden. Am Palais des verstorbenen Koenigs tritt mich ein Mann mit einem Orden im Knopfloche an: "Schoenes Wetter." "Schoenes Wetter." "Das macht Gott mit einem Wort. Unser Menschenwitz haette das nicht machen koennen." "Schwerlich." "Und der Herr ist allerwegs maechtig

und gross ist sein Name, ja gross in Ewigkeit."
"Amen!" Der Fremde begann hierauf mit kraeftiger
Stimme und vielem Redetalent eine Auseinander-
setzung ueber die angeborne Suendhaftigkeit des
Menschen. Da ich ruhig und fast teilnahmslos neben dem mir gaenzlich unbekannten Manne her-
ging, frug er mich mit fast zorniger Ungeduld: "Ich
weiss nicht, ob Sie mich verstehen?" "Vollkommen!" "Halten Sie mich fuer einen Schwaermer?"
"Ich hoere den Laerm, sehe aber kein Licht." Diese
Antwort von dem schlichten Spaziergaenger war
dem Bekehrer unerwartet. Er sah mich gross an
und ging. Zu Hause fand ich in der Rocktasche
einen Busstraktat. (Gedruckt bei Wohlgemuth.)

Die Kandidaten der vakanten Aemter

Einen ruehrend-komischen Anblick gewaehrt an
jedem Morgen in den ersten Fruehstunden ein
Spaziergang durch die oberen Linden und die
Wilhelmstrasse bis zur Leipziger Strasse hin. Das
ist naemlich die Zeit, wo die Kandidaten aller vakanten und nicht vakanten Aemter, die Kandidaten aus allen moeglichen geistlichen, Schul-, Justiz-
und Regierungsfaechern den maechtigen Mi-
nistern und Raeten ihre Aufwartung machen.
Schwarz gekleidet, mit weisser Binde um den
Hals, schiessen sie an dir vorueber, ploetzlich stehen sie still, ueberlegen eine erhaltene Antwort
oder ein zu stellendes Gesuch, probieren die ein-
gelernte Rede noch einmal, naehern sich der verhaengnisvollen Tuer, haben nicht das Herz, kehren
noch einmal um, um sich zu erholen, und wagen
es erst dann mit einem mutigen Entschluss. An-

dere wollen eben von der Rechten an die Tuer eines Hotels treten, da begegnet ihnen ein anderer von der Linken. Und doch ist nur eine Stelle vakant! Jeder bildet sich ein, so frueh zu kommen, dass er den maechtigen Mann, der sie vergibt, allein trifft, aber — entsetzliche Taeuschung — schon ist das ganze Vorzimmer gefuellt und die eine Lebensfrage, auf deren Loesung eine seit sieben Jahren verlobte Braut und ein nachgerade ungeduldig werdendes Schwiegerelternpaar harrt, verschwimmt in den Lebensfragen von dreissig anderen Menschen, in den Hoffnungen von ebensoviel anderweitigen Braeuten! Geoeffnet ist hier die geheime Werkstatt unserer Existenz, offen liegen sie da, die Gruben und Gaenge, die der Fuchs oft schneller durchgraebt, als der still arbeitende Bergmann — ein Anblick, zugleich komisch und zum Weinen!

Sommertheater in Steglitz

Wie weit bleibt das Sommertheater in Steglitz hinter den Anpreisungen der Journale und den maessigsten Erwartungen zurueck! Ref. hoffte, ein niedliches, von Holz und Backsteinen aufgefuehrtes, der Wuerde Berlins entsprechendes Theater zu finden und fand eine Bretterbude, nicht besser als eine Scheune, mit langen hoelzernen Baenken und einem Rang, der nichts als eine Galeriebruestung ist. Die Hitze in dem kleinen Raume ist unertraeglich und verlaesst man ihn, so wandelt man, willden Tieren gleich, in einem abgeschlossenen sandigen Vorplatze umher, nichts sehend als Luft und Flaeche. Wer dies Theater einmal gesehen hat, be-

sucht es nicht wieder. Wenn hier eine Befriedigung
der Schaulust geschaffen werden sollte, so haette
man etwas geben sollen nach dem Vorbilde des
Hamburger Tivoli. Ein Sommertheater ist nur unter freiem Himmel geniessbar oder es sei denn,
dass ein steinerner Bau die ersehnte Kuehlung
spendet. Dass eine so armselige Umgebung nur
nachteilig auf das Interesse wirken kann, welches
die Schauspieler selbst in Anspruch nehmen, versteht sich von selbst. Sie werden vom Publikum
verspottet, ihr Ernst wird ironisiert.

Berliner Volkscharakter

Berlin macht von Jahr zu Jahr bedeutendere Fortschritte nach dem Ziele einer seinem aeussern
Umfange auch innerlich entsprechenden Grossstaedtigkeit. Anlagen jeder Art, merkantilische,
industrielle, gesellige, werden in groesserem Stile
als frueher ausgefuehrt. Manches, was noch vor
drei Jahren das hiesige Publikum beschaeftigen
konnte, wird jetzt verachtet, z.B. die Trivialitaet
der sogenannten Berliner Volksliteratur, die in
"Herrn Buffey auf der Kunstausstellung" den
Gipfel des Unsinns und der widerlichsten Ge-
schmacklosigkeit erreicht hatte. Die Koenigs-
staedtschen Theaterwitze sind im Abnehmen und
aus der luegenhaften Verballhornisierung des Berliner Volks-Charakters, wie dieser sich in "Berlin
— wie es isst und trinkt" gezeichnet findet, tritt
allmaehlich wieder das urspruengliche Grundele-
ment des Berliners heraus: Harmloseste Gutmue-
tigkeit, Freude am neckenden, geselligen Scherz,
hohe Achtung vor jeder geistigen Auszeichnung,

sinniger Genuss der sparsamen, aber oft anmuti-
gen Schoenheiten, die die Natur, im Bund mit der
Kunst, dieser gewiss noch einer bedeutenden Zukunft entgegensehenden Hauptstadt geschenkt
hat.

Berlins sittliche Verwahrlosung (1843)

Im vergangenen Winter brachte jeder Tag die Kunde eines neuen, in Berlin veruebten Diebstahls. Die
dortigen Zeitungen machen aus dem ungesicher-
ten Zustand der Hauptstadt kein Geheimnis mehr.
Die Berliner Diebe erfreuen sich einer so originel-
len Organisation, dass die Polizei manchen Bewoh-
nern anzeigen kann, sie wuerden in kurzem bestohlen werden. Vierzehn Tage wachen die Gewar-
nten: Am fuenfzehnten wird richtig bei ihnen ein-
gebrochen. Ein Artikel der "Vossischen Zeitung"
erzaehlt, dass nachts in den besuchtesten Strassen
durch Leiteranlegung sogar die Beletagen bestohlen werden. Wenn man diese sich taeglich wie-
derholenden kriminalgerichtlichen Anzeigen liest,
muss man glauben, Berlin wuerde zum grossen
Teil von einer ungebesserten Verbrecherkolonie
bewohnt.

Ehe man aus diesem Gefuehl gaenzlicher Unsicherheit, das gegenwaertig in Berlin allgemein
herrschen soll, einen Schluss auf die sittlichen
Zustaendeder norddeutschen Hauptstadt macht,
muss man so gerecht sein, einige Umstaende mit
anzuschlagen, die in Berlin dem Diebswesen ganz
besonders zu Hilfe kommen. Geboren in Berlin
und selbst einmal durch Einbruch dort bestohlen,

glaub' ich ueber diesen Gegenstand, der nachgerade die Aufmerksamkeit jedes Sitten- und Volksfreundes beschaeftigen muss, eine Stimme zu haben.

Den Diebstahl erleichtert in Berlin der Mangel an Aufsicht und die Einrichtung der Haeuser. Die Zahl der Nachtwaechter ist viel zu klein. Diese "Schnurren" sind alte ausgediente Militaers oder sonstige Exspektanten, die aus Verzweiflung einen Dienst ergreifen, den sie fast nur pro forma versehen. Die Nachtwaechter in Berlin sind oft hinfaellige Greise. Mit einem spaerlichen Gehalt versehen, sind sie auf die Sporteln ihres Dienstes angewiesen. Diese bestehen in den Ertraegnissen eines Privilegiums, das man in fremden Staedten kaum fuer moeglich halten moechte. Der Berliner Nachtwaechter hat ein Bund von hundert Hausschluesseln am Leib haengen und schliesst jedem auf, der des Abends nach zehn Uhr in das erste beste Haus einzutreten wuenscht. Die Trinkgelder sind seine Revenuen. Man sieht, dass es die Diebe an keinem Ort der Welt so bequem haben, als in Berlin.

Das Revier des Nachtwaechters ist zu geraeumig. Er hat mehr Strassen unter sich, als er beaufsichtigen kann. Mit seinen Trinkgeldern beschaeftigt, kuemmert ihn das Strassenleben sehr wenig. Er horcht nur, dass man ihn ruft, um in ein Haus eingelassen zu werden. Gegen Morgen weckt er die Baecker, die Brot zu backen haben. Die Rundgaenge durch die Strassen werden ohne Aufmerksamkeit abgemacht. Der schuetzende "Kellerhals", hinter dem er ausruht, ist sein bequemer Sorgenstuhl. Macht er seinen Rundgang, so kuendigt ihn seine Pfeife schon an und die Diebe haben Zeit, sich waehrend seines Voruebergehens zu zerstreuen.

Berlin muss die Zahl der Waechter verdreifachen und sie unter eine militaerische Disziplin stellen wie Hamburg. Die Hamburger Waechter sind eine wirkliche Schutzwache gegen die Feinde der Ordnung und des Eigentums.

Hat man schon aus dem Vorigen gesehen, dass die Berliner Haeuser sich des Nachts jedem beliebigen Besucher oeffnen, so ist der Hausfriede am Tage nicht gesicherter. In Paris hoert man viel von Betruegereien in den Kauflaeden, von Betruegereien in hunderterlei Manieren, wie sie Vidocq in seinem Lexikon auffuehrt, aber wenig von Diebstahl oder gar naechtlichem Einbruch. Berlin ist eine grosse Stadt geworden und war urspruenglich nur auf eine Mittelstadt angelegt. Die Strassen sind weitlaeufig, die Reviere entlegen, die Haeuser sind meist zweistoeckig und nur von einigen Familien bewohnt. Das Institut des Portiers (Hausmeister in Wien) kennt man nicht, da dafuer die Haeuser zu klein sind. Hier gibt es keine Kontrolle der Ein- und Ausgehenden. Jeder Hof ist frei, jede Treppe den Bettlern zugaenglich. Den ganzen Tag reisst das Klopfen und Klingeln nicht ab. Jeder Mieter ist froh, sich auf seine Zimmer abschliessen zu duerfen und kuemmert sich nicht um den Nachbar, bei dem man, waehrend nebenan Gesellschaft ist, alles ausraeumen kann. Waehrend mir vor Jahren in Berlin mein ganzes Zimmer ausgeraeumt wurde, sass meine Wirtin ruhig im Zimmer nebenan, las den "Beobachter an der Spree" und strickte Struempfe.

Laesst sich nun auch hierin, da Berlin nicht umgebaut werden kann, keine Veraenderung treffen, so wird doch darum die erhoehte Wachsamkeit der Behoerden um so dringender. Ohne eine neue Waechter- und Patrouillen-Organisation wird in Berlin die Gefahr des Eigentums immer mehr zunehmen.

Dieser Gegenstand laesst aber noch tiefere Betrachtungen zu. Ist in Berlin den Dieben ihr Handwerk erleichtert, wo kommen all die Diebe her? Woher diese sittliche Verwahrlosung, von der wir taegliche Belege erfahren? Woher gerade in Berlin diese immer mehr zunehmende Verworfenheit? Harun Al Raschid, der verkleidet des Nachts durch die Strassen ging, Harun Al Raschid wuerde darueber sehr tief nachgedacht haben, wenn er diese Beobachtung an Bagdad gemacht haette.

Es ist wohl moeglich, dass nach Berlin, wo die Diebe eine so bequeme Waechter- und Haeuserordnung antreffen, viel fremdes Gesindel zieht, und doch steht es fest, dass Berlins Unsicherheit groesstenteils aus seinem eignen Schosse entspringt. Die Entdeckungen und Signalemente weisen dies aus. Es ist ein betruebendes Gestaendnis, das man sich nicht ersparen darf: In Berlin ist die Wurzel des Volkes faul. Die Immoralitaet frisst wie ein Krebs um sich. Die Familien sind zerruettet, zu der Armut und Brotlosigkeit gesellt sich die Neigung zum Verbrechen; die dem Berliner eigene Keckheit und Verwegenheit steigert das Geluest zum Entschluss, den einmaligen Entschluss zum

immerwaehrenden Handwerk; die Zuchthaeuser
liefern die Verbrecher nicht gebessert zurueck,
sondern in kurzem sieht sich die richterliche Gewalt genoetigt, den Verbrecher aufs neue einzu-
ziehen und ihn auf zwanzig Jahre dorthin zu
schicken, wo er bereits fuenf Jahre umsonst gesessen.

Es gibt eine moralische Erziehung und eine moralische Unerzogenheit des Volkes. Die Fruechte derselben reifen erst in spaetern Jahren. Man wird
fuer Berlins gegenwaertige Verwilderung die Ursachen in vorangegangenen Fehlern suchen duerfen. Eine richtige Erkenntnis dieser Fehler muss zu
den Mitteln fuehren, sie kuenftig zu vermeiden.
Mein Versuch, diese Erkenntnis zu befoerdern,
wird Widerspruch finden. Ich will aber offen
meine Meinung sagen.

Aus dem Mangel an edlem geistigen Stoff, aus
dem Mangel wuerdiger oeffentlicher Tatsachen ist
der zweite Grund dieser sittlichen Verwahrlosung
herzuleiten, die isolierte Vergnuegungssucht.
Auch Wien ist ohne oeffentliche Tatsachen, aber
Wien hat kombinierte, nicht isolierte Vergnuegungen. Es ist dies keine Wortantithese, sondern ein
wirkliches Sachverhaeltnis, dessen schaedlichen
Einfluss auf die Sittlichkeit ich beweisen will. Der
Wiener erholt sich an der allgemeinen Freude, an
der Freude, die alle teilen. Seine Natur lockt alle,
befriedigt alle. Sein Vergnuegen ist durch Ueber-
lieferung seit Jahrzehnten vorgezeichnet. Musik,
Tanz, Theater, heitere Ausfluege in die schoenen
Umgebungen. In Berlin isoliert sich alles. Keine
oeffentliche Vergnuegung befriedigt und so ent-

stehen diese Ressourcen, diese Picknicks, diese geschlossenen Gesellschaften, diese Kraenzchen, dies Jagen nach "Privatvergnuegen", dies Spelunkenwesen der Weinstuben, Konditoreien, Tabagien. Die Kraefte der Familien ueberbieten sich, diese Subskriptionsessen und Ressourcenbaelle verursachen Ausgaben, die den Handwerker in Schulden stuerzen, die Leihhaeuser fuellen sich, der geweckte Libertinismus der Frauen reisst die Maenner in Strudel, wo sie nicht mehr ihrer Sinne, bald auch nicht mehr ihres Gewissens maechtig sind. Hat man nicht in Berlin eine Diebs- und Hehlerbande entdeckt in dem Augenblick, als sie sich in einer Reihe von Kellerstuben zu einem glaenzenden Ball vereinigt hatte? Boz kann nichts Grelleres erfinden und Madame Birch-Pfeiffer nichts Drastischeres in Szene setzen.

Muss man nicht hier ein spezielles schlechtes Regierungssystem, so muss man vielleicht den ganzen modernen Staat anklagen. In meinen Pariser Briefen hab' ich von unserer Politik gesprochen, die nur den Menschen ausbeutet, nicht ihm hilft, das Genommene zu ersetzen. Ich habe ein Ministerium der oeffentlichen Wohlfahrt vorgeschlagen, das sich mit positiven Schoepfungen beschaeftigen muesse, um das Individuum vor dem Staate zu sichern, den Acker, den man beernten will, auch zu besaeen. Hier ist ein neues Ziel, das eine solche Institution sich stecken muesste. Zerstoert diesen Isolierungstrieb! Bindet die Menschen fuer ihre Vergnuegungen aneinander! Erfindet etwas im Zeitalter der Erfindungen! Erfindet etwas Geistiges, etwas Moralisches, neben dem vielen Technischen und Materiellen! Was koennte Berlin Ersatz geben fuer den Mangel einer heiteren und zerstreuenden Natur? Was koennte diese Tausende von gedankenlos zum Tor hinauswandelnden Sonntagsspaziergaengern vereinigen? Was kann das Innere der Stadt abends bieten, wenn die Sonne untergegangen ist und man heimkehrt und nicht in seine vier Pfaehle rueckkehren will? Denkt doch darueber nach, ihr philosophischen Staatsmaenner, die ihr jetzt in Berlin das Ruder in Haenden habt! Gebt dem Volke nicht etwa polizeilich angeordnete Spektakel, sondern weckt den Trieb des Volkes, selbst dergleichen zu erfinden oder sich an dem von fremdher gegebenen Anstoss zu beteiligen. Ehrt die Neigung zur Oeffentlichkeit! Verbietet nicht, wie das noch vor vier Jahren in Berlin beim Buchdruckerfest so gehaessig war, oeffentliche Aufzuege; lasst die Menschen sich menschlich austoben, dann werden sie nicht in die Kellerloecher kriechen und es tierisch tun. Eines der sichersten Mittel zur Volksveredelung sind die Theater. Ich erinnere an die wahren Worte, die ich von Guizot in meinen Pariser Briefen mitteilte: "Ein starker Theaterbesuch leitet alle schlechten Gelueste der niedern Volksklassen ab." Berlins Opernhaus wirkt wenig auf die Moralitaet, das Schauspielhaus erhielt durch den vorigen Koenig ganz jenen Privatcharakter, der in allem die Grundlage so vielen Verderbens fuer Berlin ist, das Koenigsstaedter Theater hat zwischen Nestroys Possen und der glaenzenden italienischen Oper, wo Rubini per Abend 800 Taler bekommt und die Preise der Plaetze verdreifacht sind, keinen Mittelweg. Das Theater, in Wien und Paris ein so harmloser Hebel der Sittlichkeit, ist in Berlin eine kuenstliche Anstalt, die mit dem Volke in keiner anregenden Verbindung steht. Entweder muss man in Berlin die Hofbuehne entschieden zur Volksbuehne umwandeln, oder Vorstadttheater gestatten, eines fuer die Gegend nach dem Koepenicker Felde zu und ein anderes nach der Richtung des neuen Hamburger Tores. Nur vorlaeufig zwei solcher Theater, gut beaufsichtigt, in Hinsicht der vorzustellenden Stuecke voellig freigegeben, mit niedrigen Eingangspreisen. Zwei solcher Volkstheater, natuerlich mit Aufhebung der bestehenden sogenannten Liebhabertheater, koennten den auffallendsten Einfluss auf die Sittenverbesserung Berlins haben.

Endlich ist der dritte Punkt die Volksbildung selbst und die Religion. Fuer die erste, insoweit sie durch Schulen erreicht wird, ist wohl in Berlin hinlaenglich gesorgt. Nicht umsonst hat man vielleicht der vorigen Regierung ihr Schulwesen nachgeruehmt. Aber es ist eine bekannte Tatsache, dass Kenntnisse an und fuer sich noch nicht die Sitten reinigen. Sie befoerdern zuweilen eher die Verschlagenheit und machen nur geschickter zu den Verbrechen. Aus Rechnen, Lesen und Schreiben wird noch kein sittlicher Mensch. Der Konfirmandenunterricht wird in Berlin nicht eben sehr ernst betrieben. Das "Eingesegnetwerden" ist ein mehr buergerlicher, als geistlicher Akt. Die Zahl der Konfirmanden ist zu gross und dem Geistlichen fehlt in allem, so auch hier die durchgreifende Beaufsichtigung seiner Gemeinde. Sie ist bei einer so grossen Stadt und der Freiheit vom Beichtzwange schwer oder ganz unmoeglich. Tun nun die Kirchen ihre Pflicht? Wird die Religion so gepredigt, dass sie veredelnd und tief in die Sittlichkeit des Volkes eingreifen kann?

Das ist denn wiederum ein wichtiger und ausserordentlich schlagender Punkt, wo sich die Gebrechen der vorigen Regierung offen zur Schau geben. Nein, das Christentum hat in Berlin die Wirkung nicht, die es haben koennte und haben sollte. Christus wird in Berlin in einer Weise gepredigt, die hoechst beseligend, hoechst beglueckend auf einen Einzelnen wirken kann. Es gibt wahre Froemmigkeit in Berlin. Es gibt Versammlungen, in denen man sich mehr erbaut als in den Kirchen, es gibt Kirchen, in denen ein warmes, fuer den Himmel laeuterndes Christentum sicher mit dem trostreichsten Erfolge fuer das Glueck vieler Familien gepredigt wird. Aber was kann auf unsere Zeit der Pietismus im grossen und ganzen wirken? Ein Lamm rettet man; was geschieht aber, um die tausend Raeudigen anzulocken? Haben wir gesehen, dass in Berlin alles Privatsache geworden war, so ist auch das Christentum dort Privatsache geworden. Einzelne Prediger, wie Couard, Strauss, Arndt haben einen grossen Zulauf, aber nur von glaeubigen Seelen, von solchen, die sich im Christentum befestigen, nicht von solchen, die erst fuer seine Wahrheiten gewonnen werden. Die Masse geht nicht in diese Kirchen. Sie wuerde gehen, wenn dieser theologische Radikalismus ihr die Tugend nicht gar zu schwer machte. Man soll dort einen ganz neuen Menschen anziehen, nicht neue Lappen auf das alte Kleid flicken, nicht jungen

Wein in alte Schlaeuche fuellen, sondern ein ganz neugeborener Mensch werden. Dies Christentum kann nie auf die Masse wirken, diese Besserungsmethode der Menschheit setzt einen religioesen Heroismus voraus, der sich nur bei wenig Auserwaehlten findet und so ist in Berlin auch die Religion, die erste Springfeder des sittlichen Volkslebens, aus Ueberreligion ohne durchgreifende Wirkung.

Um dem Christentume Allgemeinheit und Einfluss auf die Sittlichkeit einer Nation zu geben, muss es entweder auf den Aberglauben wirken, wie durch die mystischen Zauber des Formendienstes im Katholizismus, oder es muss mit schlichter Einfachheit und ueberzeugender Waerme auf die moralischen Grundwahrheiten zurueckgefuehrt werden. Ein protestantischer Staat kann fuer seinen sittlichen Zweck auf die mitwirkende Kraft des Christentums nur dann rechnen, wenn er den Predigern einen klaren, gefuehlvoll und beredsam vorgetragenen Rationalismus zur Bedingung macht. Es ist mit der Religion gerade wie mit der Poesie. Dem Gebildeten moegen Koerner, Tiedge und aehnliche Talente sehr tief stehen, aber die Masse findet ihre Rhetorik sehr schoen und begreift nicht, was uns an Novalis, Brentano und selbst an Goethe mehr anziehen kann. Ein geistvoller Gedanke geht der Menge verloren, waehrend sie einem Gemeinplatze zujubelt. So moegen die Denker und Gefuehlsmenschen im Christentum die tieferen Bezuege ansprechen und beschaeftigen: Als Religion, als sittliche Hilfsmacht wirkt das Christentum nur durch eine talentvolle, mit Geschmack und Beredsamkeit vorgetragene Ausbeute seiner moralischen und gefuehligen Grundwahrheiten. Wer mir Prediger sein wollte, duerfte mir mit seiner Rechtfertigungstheorie, mit der Wiedergeburt, der Genugtuungslehre und der ueblichen pietistischen Polemik nicht auf die Kanzel kommen. Haette man in Berlin geistvolle und beredte nationalistische Geistliche wie Schmaltz in Hamburg, Boeckel in Oldenburg, Friedrich in Frankfurt, Goldhorn in Leipzig, Bretschneider in Gotha, haette man statt einer Clique junger Kopfhaenger eine Schule wahrhaft menschheitsveredelnder, talentvoller junger Kanzelredner gestiftet, die Kirchen wuerden ueberfuellter und die Gefaengnisse leerer sein.

Man mag gegen Friedrich Wilhelm IV. gestimmt sein, wie man will, soviel ist gewiss, er will seine Laender im grossen Stil regieren. Hier waere denn Gelegenheit genug zu den glorreichsten Schoepfungen.

[Nachtrag:]

In dem Aufsatz: "Berlins sittliche Verwahrlosung" hat man es auffallend gefunden, dass von einem zweiten und dritten Grunde dieses Uebels die Rede ist, ohne dass des ersten erwaehnt wird. Der erste Grund war aus der Politik und der mangelnden Oeffentlichkeit unter dem vorigen Koenige hergeleitet, doch musste die naehere Ausfuehrung aus unmittelbar vor dem Druck des Blattes geltend gemachten Ruecksichten wegbleiben, deren Natur jeder Kundige erraten wird. So viel, um wenigstens die logische Ordnung des Artikels herzustellen.

Geist der Oeffentlichkeit (1844)

Berlin ist eine Weltstadt geworden. Frueher war Berlin nur eine grosse Stadt. Berlin hat an Bewohnerzahl und Umfang unglaublich zugenommen, aber in dieser aeussern Vergroesserung liegt der auffallende Fortschritt nicht allein. Er liegt im erweiterten Anschauungs-Horizont, im Durchbruch nicht allein von Strassen und neuen Toren, sondern im Durchbruch alter Vorurteile und Gewohnheiten, im vermehrten geistigen Betriebskapital, in der Zunahme eines Selbstbewusstseins, das sich mit einem grossen sittlichen Nationalleben in Zusammenhang zu setzen verstanden hat. Es ist ueberraschend, wie sich die schlummernden Kraefte allmaehlich entwickelt haben. Von unten faengt das an und hoert oben, in idealster Hoehe, auf. Der Eisenbahnverkehr hat Berlin endlich in jenen unmittelbaren Zusammenhang mit andern grossen Staedte-Entwickelungen gebracht, der ihm frueher fehlte. Frueher bezogen sich nur Potsdam, Brandenburg, Treuenbrietzen, Bernau auf Berlin, jetzt Leipzig, Magdeburg, die Ostsee und bald Hamburg und Schlesien. Der fruehere kleinstaedtische Geist ist gewichen, grosse Gasthoefe sind entstanden, die Basis aller gemeinschaftlichen Unternehmungen beruht auf breiteren Dimensionen. Man sieht das, bewundert es, oder muss wenigstens seine Freude daran haben.

Was man in auswaertigen Zeitungen als die laufende Tagesordnung von Berlin besprochen findet, das ist alles keineswegs Erfindung, sondern Tatsache, durchgesprochene, lebendige Tatsache. Es stehen sich hier wirklich Parteien und Parteien,

Menschen und Menschen gegenueber. Es hat sich hier wirklich ein Geist der Oeffentlichkeit entwickelt, dem bis zur Stunde zwar edle und wuerdige sowohl, wie dauernde und belebende Organe fehlen, ich meine die Organe faktischer Institutionen, dessen Ringen und Draengen aber so maechtig ist, dass es Augenblicke geben kann, wo wir uns im Anschauen dieser Strebungen nach Paris versetzt glauben. So wie jetzt in Berlin muss es zur Zeit der Restauration in Paris gewesen sein. Das Katheder ist die vorlaeufige Volkstribuene, die Wissenschaft die vorlaeufige Politik. Wie das wogt und treibt! Keine Meinung will mehr allein stehen, eine Bestrebung lehnt sich an die andere. In Berlin wohnen und nichts wirken, nichts vorstellen, nichts vertreten, ist der geistige Tod, ist Nullitaet, heisst wenigstens Nullitaet, und jeder fuerchtet sie. Man hat angefangen, die Bedeutung eines oeffentlichen Charakters zu fuehlen. Die ruhmvollsten Namen aus der alten Schule sieht man im Verkehr mit den erst sich machenden aus der jungen. Unpopulaer zu sein, wagt niemand. Jeder muss einen Kreis von Gleichgesinnten um sich haben, er muss sich nach Anlehnungen umsehen. Kann er nicht selbst einen Mittelpunkt bilden, so ordnet er sich unter und wird Stammgast im Salon eines andern. Berlin hat seine Salons, in der Tat Salons im franzoesischen Wortsinne. Ich muss sogar so weit gehen, zu behaupten, dass es mit Geldkosten verknuepft ist, in Berlin eine eigene Meinung zu haben. Man muss seinen offenen Mittwoch, seinen offenen Freitag, seinen Dienstag haben, um hier ein durchgreifender, oeffentlicher Charakter zu sein. Das ist kostspielig, hier mit Tieck, mit den

Grimms, mit Herrn von Savigny zu rivalisieren. Man muss wuenschen, dass sich diesen Gasstroemungen von Ehrgeiz, Tendenz, Zorn, Begeisterung, Rache, ehe es eine Explosion gibt, bald ein luftreiner Zylinder darbieten moechte, ein Abzug ins oeffentliche, grosse Volksleben, durch irgendeine Tatsache, durch irgendein Ereignis, durch irgendeinen Schritt weiter auf der betretenen Bahn besonders des Ausbaues der staendischen Institutionen. Dies oder irgend etwas anderes muss erfunden werden, um diesem Wettkampf von Meinungen und Leidenschaften eine schoene hoehere Wahrheit zu geben und solchen Zerruettungen vorzubeugen, wie sie z.B. jetzt infolge der traurigen Grimmschen Erklaerung, durch welche sich zwei beruehmte Namen um alte Liebe und Hingebung gebracht haben, schon eingetreten sind.

Einige der auf der Reise empfangenen Eindruecke moegen in bunter Reihe hier wiedergegeben werden.

Am 29. Maerz beschloss Dr. Mundt seine vor einem gemischten Publikum gehaltenen Vorlesungen ueber die Gesellschaftsfrage unserer Zeit. Es war fuenf Uhr. Im Saale des Jagorschen Hauses Unter den Linden versammelte sich so ziemlich der groesste Teil des aesthetisch-produktiven Berlins, Dichter, Gelehrte, Musiker, Glaeubige und Pruefende, Hingegebene und Zweifelnde, wie dies um so mehr bei einem Gegenstande der Fall sein musste, dessen oeffentliche Behandlung in gewissen Regionen bedenklich erschienen war. Als sich etwa 150 Personen eingefunden hatten, erschien der Redner. Ich fuehlte mich an die Vortraege von

Edgar Quinet im College de France erinnert. Nur schade, dass sich Mundt zu sehr auf sein Heft verliess und einen Gegenstand, der so tief in Herz und Nieren greift, nicht mit freier Rede um so ueberzeugender darstellte. Die Waerme der Begeisterung fehlte dem Redner nicht, eine jeweilige Handbewegung verriet selbst seine Absicht, das, was er vorlas, als entquollen seinem innersten Gefuehle darzustellen; doch kann ich die Bemerkung nicht unterdruecken, dass ein selbst ungeregelter Vortrag mit Anakoluthen, Wiederholungen und allen Klippen eines ungewohnten oratorischen Versuches dennoch eindringlicher spricht, als ein geschriebenes Heft.

Der Inhalt der Rede erweckte die waermste Teilnahme. Bot ihr Anfang demjenigen, der sich mit der Sozialwissenschaft unserer Tage beschaeftigt hat, auch nichts Neues, so erhob sie sich doch in ihrem weitern Verlauf zu einem hoeheren Aufschwunge, in welchem sich zum ernsten Denker der sinnige Dichter gesellte. Der Redner sprach von den Rechten der Armen und den Pflichten der Reichen. Er behandelte jenen ergreifenden Gegenstand des Pauperismus, der jetzt nur noch alle Federn, bald aber auch hoffentlich alle Herzen in Bewegung setzen wird. Jene ruehrende Humanitaet, welche sich in den Schriften derjenigen Franzosen findet, die sich mit sozialistischen Fragen beschaeftigten, hatte, man sah es, in des Redners Herzen ein Echo gefunden. Er sprach mild und sanft von den Proletariern der Gesellschaft, und ein gewisses kaltes Phlegma, eine gewisse doktrinaere Selbstzufriedenheit hinderte doch nicht, dass in einigen weihevollen Momenten ein schoener Abglanz von Gemuet und Wehmut auf seinen Gesichtszuegen hervorbrach. Besonders war die Bemerkung, dass jetzt bei den Fortschritten der Volksbildung der Vater beschaemt von seinem aus der Schule heimkehrenden unterrichteteren Kinde lernen koenne, ebenso geistreich aufgegriffen, wie zart und innig durchgefuehrt.

Ueber manches teile ich nicht des Redners Meinung. Er sprach von Owen und wuerdigte ihn nicht genug, trotzdem, dass er mit Achtung von ihm sprach. Er kam zu oft auf den Mangel an Poesie in Owens System zurueck. Poesie ist in der Sozialfrage ein gefaehrliches Wort. Braucht man es zu oft, so kann man dahin kommen, dass am Ende nichts poetischer als die Armut ist, und der Armut soll doch abgeholfen werden. Wer vom Leben zu viel bunten Effekt verlangt, dem wird freilich das Ziel einer allgemeinen Glueckseligkeit unpoetisch erscheinen. So manches andere in des ehrenwerten Redners Aeusserungen liessen mich fast besorgen, er haette das Thema der materiellen Gesellschaftsfrage nur zum Kanevas von allerhand auf anderm Gebiet spielenden Anmerkungen gemacht, von Anmerkungen, die ich sehr treffend, sehr zeitgemaess, ja sehr freimuetig und gegebenen Umstaenden gegenueber kuehn fand, die aber doch nur mehr dem idealen Gebiet angehoerten und die Ansicht vorauszusetzen schienen, man koenne Hungernde mit Sonnenlicht saettigen und Duerstende mit den Farben der Blumen traenken. Der Redner kannte die praktischen Schaeden, wollte sie heilen und wich wiederum dem praktischen materiellen Gebiete aus. Doch abgesehen von diesem Einwurf, der ohnehin auf einem Missverstaendnis beruhen kann, hat sich Mundt ein grosses Verdienst erworben, dass er in jener unmittelbaren Form, in der Form der Rede, einen Gegenstand zur Sprache brachte, der immer mehr in den Vordergrund der Debatten treten und jene welt- und gottweise Philosophie beschaemen wird, die im Webstuhl ihrer Abstraktionen nur Leichentuecher fuer das Leben spinnt ...

Mysteres de Berlin? (1844)

Das ist gewiss charakteristisch! Mein erster Blick auf eine der hiesigen Zeitungen fiel auf den Vorschlag eines Fruehgottesdienstes fuer Droschkenfuhrleute. Wahrlich, dieser Vorschlag verleugnet seinen Ursprung nicht! Zwar ist derjenige, der ihn zunaechst machte, ein Jude (der Besitzer der Haupt-Droschkenanstalt), aber auch das ist bezeichnend; die spekulativen Juden, die Juden, die den Geist der Zeit verstehen, bestreben sich hier, dem Ueberchristentum in die Haende zu arbeiten. Ein Fruehgottesdienst fuer Droschkenfuhrleute! Man mache sich recht klar, was darunter zu verstehen ist. Man hat naemlich gefunden, dass die Droschkenfuehrer von frueh bis Mitternacht ihrem Herrn und Lohngeber dienen muessen. Auch den Sonntag heiligen sie nicht. Um sie nun der Kirche nicht gaenzlich verloren zu geben, laesst man ihnen jetzt morgens, wenn sie ihre Wagen reinigen, wenn sie ihre Pferde anschirren, rasch von einem eigens bestellten "Droschkenprediger" eine kurze geistliche Rede halten. Man glaubt, wenn man so etwas erfaehrt, in England oder Pennsylvanien zu sein. Diesem Fruehgottesdienst fuer Droschkenfuehrer muessen, wenn man konsequent sein will, noch diese Einrichtungen folgen:

Ein Fruehgottesdienst fuer Brieftraeger.

Ein Nachmittagsgottesdienst fuer Milchkarrenschieber; denn auch diese Fuhrleute bringen ja jeden Sonntag die Milch zur Stadt. Gut, ich glaube, dass es wuenschenswert ist, auch die Droschkenfuhrleute an die Kirche zu gewoehnen; aber haette die gesunde Vernunft und die Billigkeit jenes ueberchristlichen Juden, wahrscheinlich eines Kommerzienrates, nicht einen andern Ausweg finden koennen? Wie nun, wenn man bei den Droschkenstaellen keinen Gottesdienst errichtet, wohl aber jedem Droschkenfuehrer es moeglich gemacht haette, alle vierzehn Tage oder wenigstens alle vier Wochen einen halben Sonntag frei zu haben, einen halben Sonntag, wo er die Kirche besuchen kann? Erlaubte das die Dividende des Kommerzienrates nicht? Ihr habt ein so grosses Mitleid mit der Seele des Droschkenfuhrmanns und sorgt fuer seinen Kirchgang, schenkt ihr ihm dann auch, dem geplagten, an seine Karre gebundenen Menschen, einen Erholungstag? Spannt ihr ihn einmal aus seinem Joche aus und errichtet einen Aktienverein zu einer Mittagsfreude, zu einer Nachmittags-Belustigung? Statt dass also die hiesigen Ueberchristen den Kommerzienrat zwingen sollten, jedem Droschkenfuhrmann alle vierzehn Tage oder alle drei Wochen, die Reihe herum, einen freien Sonntag zu geben, den er als freier Mensch, Christ und Staatsbuerger anwenden kann, wie er will, schluepfen sie ueber den Missbrauch des privilegierten Droschkenregenten hinweg, sanktionieren die Tatsache, dass kein Droschkenfuhrmann einen freien Sonntag hat, und sorgen nur einzig dafuer, dass ihm morgens vor Ausfahren aus dem Stall das Evangelium gepredigt wird! O ueber den frommen Kommerzienrat!

Wenn dem religioesen Fanatismus keine Grenzen gesteckt werden, so erleben wir noch die krankhaftesten Erscheinungen. Die uebertriebene Heiligung des Sonntags kann foermlich alttestamentarisch werden. Wenn sich z.B. Jemand in den Gedanken vertieft, dass die Eisenbahnen an Sonntagen befahren werden und das Bahnpersonal und die Lokomotivfuehrer deshalb nicht die Kirche besuchen koennen, wuerde man einem solchen Gemuet nicht zurufen muessen: Behuete dich der Himmel vor Wahnsinn! Der religioese Fanatismus, der sich ferner der Armen und Kranken annimmt, hat Ansprueche auf unsere vollkommenste Hochachtung, er steht den Geboten der reinen Humanitaet so nahe, dass man nicht untersuchen mag, welches die Quelle seiner Hingebung, Aufopferung und Liebe ist; wenn aber die Pflege der Armen strafend, die Wartung der Kranken laestig und beaengstigend wird, dann muss man selbst gegen so an sich ehrenwerte Aeusserungen des ueberchristlichen Sinnes kalt werden. Strafend aber ist die Armenpflege, welche nur dem gibt, den sie als rechten Glaubens erkennt; laestig und beaengstigend ist die Krankenwartung, die uns zwischen den Schmerzen des Koerpers von der Verworfenheit unserer Seele redet.

Es bereitet sich hier eine Menge praktischer Anwendungen des mildtaetigen Christentums vor. Die meisten davon stehen noch auf dem Papiere, einige sind schon ins Leben getreten, z.B. ein Magdalenenstift zur Rettung gefallener Maedchen. Was man von letzterem hoert, laesst auf eine gesunde und tatkraeftige Ausfuehrung dieser an sich loeblichen Absicht nicht schliessen. Schon dass diese ungluecklichen Personen durch eine eigene Tracht kenntlich gemacht werden, ist einer jener finstern Nebengedanken, die wir strafende Armenpflege nannten. Wenn es einen Weg geben kann, um solche Personen einer sichern Besserung entgegen zu fuehren, so kann es nur der sein, sie auf eine moeglichst geraeuschlose, stillschweigend liebevolle Weise der Gesellschaft wiederzugeben. Eine schwarze Tracht mag allerdings bewirken, dass der, der sich dem Magdalenenstift in die Arme wirft, gleichsam die Tuer hinter sich auf immer zuwirft und eine fast kartaeuserartige Resignation zeigen muss, aber wie wenig Gemueter werden einer solchen Abtoetung des letzten Restes von Stolz faehig sein! Gerade das, was Ihr zuerst brechen wollt, diesen letzten Rest von Stolz, gerade das ist nur das Samenkorn, aus dem sich eine neue Bluete des sittlichen Menschen erheben kann. Was wird das Ende dieses Beginnens sein? Dass eine solche Anstalt hinter ihrer guten Absicht zurueckbleibt und, statt gebesserter, dem Leben wieder gewonnener Verirrten, Heuchlerinnen erzeugt, die, wie es der Fall ist, beim geringsten verfuehrenden Anlass wieder in ihre alten Lasterwege zurueckfallen.

Nach allem, was sich hier beobachten laesst, sieht man, dass man die Uebel, an welchen die heutige Gesellschaft krankt, hier mehr als irgendwo erkannt hat. Man hat sie erkannt, weil man sie fuehlt, weil sie sich zu unabweislich von selbst aufdraengen. Aber in den Mitteln, den gesellschaftlichen Schaeden abzuhelfen, vergreift man sich. Man will den Schaeden unmittelbar begegnen, statt dass sie nur da wahrhaft zu heilen sind, wo man ihrem ersten Grunde auf die Spur gekommen ist. Die Wurzel muss man entdecken und den Wurm toeten, der an der Wurzel nagt. Das Begiessen des welken Blattes an dem verkrueppelten Stamme fristet ihm eine Weile das frische Ansehen des Lebens, dann aber faellt es ersterbend ab, weil der aus der Wurzel quellende Balsam des Lebens, der Saft der Gesundheit ihm staerkend nicht zustroemt.

Theodor Mundt sprach in seiner kuerzlich erwaehnten Vorlesung von dem durchgreifenden Streben unserer Zeit nach "Glueckseligkeit und Vergnuegen". Ich erschrak, wie er diese Tatsache so ohne weiteres als einen feststehenden Satz, wahrscheinlich als die Praemisse seiner fruehern Entwickelungen einwerfen und voraussetzen konnte. Und doch stellt sich diesem Satze, um ihn zu widerlegen, wenig gegenueber. Er ist wahr, er ist bewiesen; bewiesen nicht nur durch den Luxus der Reichen, sondern auch durch die brennende Sehnsucht und Entsagungsunfaehigkeit der Armen. Am unersaettlichsten aber in Zerstreuungen ist der Mittelstand. Glueckseligkeit und Vergnuegen ist mehr denn je die Devise des Berliners geworden. Die oeffentlichen und Privatgelegenheiten zu Erholungen aller Art haben sich reissend vermehrt. Die Strassenecken sind taeglich mit mehr als einem Dutzend Zettel beklebt, um zu Zerstreuungen einzuladen. Dabei ist der Zudrang zu solchen Nahrungszweigen, welche wenig Anstrengung erfordern, unverhaeltnismaessig. Wer frueher nicht wusste, welches Gewerbe er treiben sollte, eroeffnete einen Tabakshandel. Jetzt haben sich dazu Anlagen von Kaffeehaeusern, Vergnuegungsgaerten, Konditoreien gesellt, die mit derselben Schnelligkeit aufschiessen, wie hier Mode-, Schnittwaren-, Kleiderhandlungen und Gewerbelaeden von solchen eroeffnet werden, die diese Gewerbe nicht selber treiben, sondern nur von andern treiben lassen. Und mitten in diesem Sausen und Brausen von Vergnuegungen dann jene Zustaende der Not und des Elends, die Bettina jenen menschenfreundlichen Schweizer im Anhange ichres Koenigsbuches hat schildern lassen — der Gegensatz ist schneidend.

Auswaerts fuehlt man diesen Gegensatz fast noch mehr als hier. Auswaerts hat man sich verwundert, wie mitten in diesen Tatsachen des dringendsten Beduerfens, mitten in diesen beredten Schilderungen der hiesigen Verarmung ploetzlich das Krollsche Etablissement hat auftauchen koennen. Ich gestehe, als ich diesen von allen Zeitungen fuer einen Feenpalast ausgegebenen Ort besuchte, konnte ich den stoerenden Gedanken, dass diese Schoepfung sehr mal a propos gekommen, nicht unterdruecken. Zum Glueck bleibt auch dieser "Feenpalast" hinter seinem Rufe zurueck. Schon in

der Ferne, wenn man durch Staubwolken durch-
zudringen vermag, sieht das Ganze wie eine
grosse Ziegelhuette aus. Man sieht ein Konglo-
merat von Schornsteinen und hervorspringenden
Hausecken und fuehlt sich durch den ersten
Eindruck eher abgestossen als angezogen. Dabei
aergert man sich ueber die Idee, ein solches von
allen Fremden zu besuchendes Lokal auf die
Achillesferse Berlins, die Sandwueste Sahara, auf
den Exerzierplatz zu bauen. Der Berliner Staub,
vergessen gemacht durch die freundlichen Anlagen des Tiergartens, tritt wieder beizend, augen-
verderbend, unausstehlich in den Vordergrund;
denn recht in den Mutterschoss dieses Staubes ist
das neue Gebaeude gelegt worden. Man betritt es.
Alles erscheint daran lueckenhaft, hoelzern, durch-
sichtig, leichte Ware, berechnet auf einen kurzen
Effekt. Mit einem Blick uebersieht man die gewaltige Reitbahn des Vergnuegens. Keine Abwechs-
lung, kein lauschiges Versteck, keine Moeglichkeit
des Alleinseins. Die nackten weissen Holzwaende,
mit Goldleisten zwar verziert und hier und da
bemalt, aber keine Draperien, keine Vorhaenge,
das ganze Lokal auf einen Blick in die flache Hand
gegeben. Das Unterhaltende an den Maskenbael-
len in der grossen Oper zu Paris ist nicht der
grosse Tanzraum, sondern das bunte Gewuehl auf
den Treppen, Korridoren, in den Foyers, in Einrichtungen, die hier, bis auf einige wenige Logen,
nicht getroffen sind. Man kann allerdings sagen,
Paris besitzt ein solches Etablissement nicht; aber
man muss hinzufuegen: Wenn man in Paris so
oberflaechlich waere, zum blossen Dasitzen, Gaf-
fen und Begafftwerden eine solche Unterhaltungs-

anstalt zu begruenden, so wuerde sie grossartiger, geschmackvoller, charakteristischer sein. Im Kellergeschoss dieses Tempels der Langeweile befindet sich ein so genannter "Tunnel", eine Lokalitaet zum Rauchen, wie sie finsterer, schmutziger, erstickender kaum in London gefunden werden kann. Man glaubt, dass die "Mysteres de Paris" hier ihren Anfang haetten nehmen koennen. Man glaubt den tapis franc zu betreten und sieht sich unwillkuerlich nach der Ogresse um. Aber auch die "Mysteres de Berlin" koennten hier anfangen. Gibt es solche? Gedruckt schon eine grosse Anzahl, und die zuerst kamen, von Schubar, schon in dritter Auflage ... Schade, dass sich originelle Koepfe nicht leicht entschliessen werden, in die Fussstapfen eines andern zu treten; wohl aber bliebe es wuenschenswert, dass sich jemand der deutschen Zustaende so bemaechtigen koennte, wie Eugene Sue der franzoesischen. Hat nicht am Ende auch Sue den Boz nachgeahmt, und Boz wieder die alten humoristischen Romane der vorigen Jahrhunderte? Mysterien von Berlin muessten grelle Schlaglichter auf Deutschlands sittliche, gesellschaftliche und intellektuelle Zustaende fallen lassen, muessten die Fackel der Aufklaerung nicht nur in die Kellergewoelbe der Armut und des Verbrechens tragen, sondern auch in die truebe Daemmersphaere der Schein- und Ueberbildung, der Luege und Heuchelei....

Impressionen — z.B.: Borsig (1854)

Berlin waechst an Strassen, mehrt sich an Menschen, aber man kann des Abends um neun Uhr doch im Anhaltischen Bahnhofe ankommen und wird, mit einer Droschke von der Wilhelmstrasse zu den Linden fahrend, glauben, in Herculaneum und Pompeji zu sein; denn selbst die grosse Friedrichstrasse gleicht dann schon einer verlaengerten Graeberstrasse. Auf fuenf von der Eisenbahn herwackelnde Droschken zwei Menschen zu Fuss, einer auf dem Trottoir rechts, einer auf dem Trottoir links. Doch es ist eigen mit der Stille einer grossen Stadt. Am Gensdarmenmarkt feierliche Ruhe und in dem so gespenstisch einsam daliegenden Schauspielhause stuermte vielleicht eben ein vielhundertstimmiges da capo. In seinem Konzertsaale sang wenigstens Jenny Goldschmidt-Lind.

Wenn man nicht in der Lage ist, seine Ankunft in Berlin vermittels telegraphischer Depesche irgendeinem Hotelier Unter den Linden anzeigen und sich eine Suite Zimmer im ersten Stock zweckmaessig vorrichten zu lassen, so wird man in der Hauptstadt der Intelligenz immer einige Muehe haben, sich in seinem Absteigequartier mit dem Wahlspruche auszusoehnen: Laendlich, sittlich. Die Rechnungen der Hotels bleiben gewiss hinter den Fortschritten der Zeit nicht zurueck, aber die Aermlichkeit der Zimmerausstattungen, das Gepraege der auf allen moeglichen Auktionen zusammengekauften Moeblierung und die scheinbare Halbeleganz gewisser, durch uebermaessige Ausnutzung halbverwitterter Verzierungen, z.B. des unvermeidlichen Wachstuchs auf den Fussboeden, stellt immer wieder die Aermlichkeit des Berliner Komforts heraus, von den Betten, ihrer Enge, ihren zentnerschweren Federpfuehlen nicht

zu reden. Von Doppelfenstern ist in der licht-
liebenden Stadt wenig die Rede. Man erkennt auf
diesem Gebiete immer wieder in Berlin seine alten
Pappenheimer und laesst sich's an ihnen genuegen, wenn nur dafuer die Ausbeute an geistiger
Anregung desto belohnender zu werden ver-
spricht.

Regen und Schnee, Sturm und Kaelte lassen die
grossen Schmutzflaechen der Berliner Plaetze und
Strassen doppelt schauerlich erscheinen. Unabseh-
bar sind diese Wasserspiegel. Unter den Linden
fegen die Strassenkehrer eine ganz eigentuemliche
breiige Masse zusammen, ein fuenftes Element,
das bekanntlich auch nur in oder doch bei Berlin
die Erfindung einer gewissen Plastik aus Strassen-
kot moeglich gemacht hat. Ob sich nicht auch aus
der fluessigen und kaltgewordenen Lava, die von
Kranzler bis zum Victoriahotel stuendlich zusam-
mengekehrt wird, wie aus Chausseestaub eine
Terra cotta fuer Eichlers plastisches Kabinett bilden liesse? An Ordnung in der Handhabung der
das Eis, den Schnee und den Schmutz betreffenden
polizeilichen Vorschriften fehlt es nicht. An jeder
Strassenecke der belebten Gegenden steht ein Kon-
stabler, der nach dem Charakter der preussischen
Monarchie, als einer vorzugsweise spartanischen,
auch nur im Helme des Kriegers fuer den oeffentlichen Frieden sorgt. Man haette aber die
Neuerung des Helms nicht zu weit sollen um sich
greifen lassen. Von der Ehre, ihn tragen zu duerfen, hat man jetzt die Droschkenkutscher glueck-
licherweise wieder ausgeschlossen.

Eine in die Augen springende Verschoenerung der

Stadt, die sie seit einigen Jahren gewonnen, sind die nun endlich fertiggewordenen Standbilder auf den grossen Granitwuerfeln der Schlossbruecke. Wohl ueber zwanzig Jahre schon standen diese blanken Quadersteine und harrten ihrer kuenftigen Bestimmung. Was hatte man nicht anfangs auf ihnen einst zu erblicken gehofft? Heilige und Propheten, Panther und Loewen, beruehmte Divisionsgenerale und bewaehrte wachsame Residenz-Kommandanten. Jetzt ist "Das Leben des Kriegers" daraus geworden in griechischer Auffassung. Ob die vielen Klagen ueber allzu grosse Natuerlichkeit dieser Gruppen einen Grund haben, laesst sich noch nicht recht von dem heutigen Wanderer beurteilen. Das Schneegestoeber verdeckt alle Aussicht, der durch die einfache Trottoirreihe ohnehin beengte Fussboden ist zu nass, um irgendwo bequem nach dem ionischen Himmel aufblicken zu koennen, der sich ueber diesen weissen Marmorgruppen ausspannen sollte. Die armen Krieger, wie es scheint gewoehnt an die Ebenen von Griechenland, wo sie als Ringkaempfer bei den Nemeischen Spielen den Preis gewannen, haben heute dicke Epaulettes von Schnee auf ihren Achseln liegen. Man darf mit ihnen einiges Mitleid haben, man darf annehmen, dass sie frieren; denn zu ersichtlich sind sie nach Modellen der schoensten Grenadiere vom ersten Garderegiment gemeisselt; zu ersichtlich ist ihre Nacktheit keine gewohnte, sondern nur ein zufaelliges Ausgezogensein bei einem gutgeheizten Berliner Atelierofen; zu ersichtlich ist ihre nur auf die allgemeine Militaerpflicht, die ein- und dreijaehrige Dienstzeit, die Manoeverzeit und ein mobilisiertes Ausruecken nebst endlicher Errungenschaft eines ehrenvollen Ordens oder einer Anstellung gehende Allegorie. Die uebergrossen Fluegel der Viktorien sind schon fuer die Harmlosigkeit einer Beziehung auf Griechenland zu verdaechtig. Man hat diese Fluegel der Viktorien hier in neuerer Zeit schon zu stereotyp neupreussisch, d.h. als Cherubimsschmuck, ausgebildet: Es sind dieselben christlichen Viktorien, die auf Wachschen Bildern das Grab des Heilands hueten, die den Eingang in die Kuppeldachkapelle des Schlosses bewachen und auch sonst schon in die gewoehnlichen Verzierungen der Stadt uebergegangen sind, selbst bei gewerblichen Zwecken. Diese mehr christlichen als antiken Cherubim wecken in der Bekraenzung der Krieger immer nur die Vorstellung eines seine Pflicht erfuellenden modernen jungen Landesverteidigers, und darum scheint das Berliner Mitleid um die erfrierenden jungen Konskriptionspflichtigen und der mehrfach geaeusserte Wunsch, ihnen warmhaltende Maentel und Beinkleider zu schenken, nicht ganz unmotiviert. Nur ueber die allzu natuerliche Wiedergabe der Natur hat man sich mit Unrecht beklagt. Die jungen Grenadiere stehen so hoch, die Granitwuerfel haben erst noch einen so ansehnlichen Ueberbau erhalten, dass eine junge Dame schon sehr neugierig sein muss, wenn sie, aus einer Predigt im Dom kommend, an dem modernen Griechentum auf der Schlossbruecke ein Aergernis nehmen will ...

Die Zunahme Berlins an Strassen, Haeusern, Menschen, industriellen Unternehmungen aller Art ist ausserordentlich. Auf Stellen, wo ich mich entsinne, mit Gespielen im Grase gelegen und an einer Drachenschnur gebaendelt zu haben, sitzt man jetzt mit irgendeiner Dame des Hauses, trinkt Tee und unterhaelt sich ueber eine wissenschaftliche Vorlesung aus der Singakademie. Wo sonst die blaue Kornblume im Felde bluehte, stehen jetzt grossmaechtige Haeuser mit himmelhohen geschwaerzten Schornsteinen. Die Fabrik- und Gewerbstaetigkeit Berlins ist unglaublich. Bewunderung erregt es z.B., einen von der Natur und vom Glueck beguenstigten Kopf, den Maschinenbauer Borsig, eine imponierende, behaebige Gestalt, in seinem runden Quaekerhut in einer kleinen Droschke hin und her fahren zu sehen, um seine drei grossen, an entgegengesetzten Enden der Stadt liegenden Etablissements zu gleicher Zeit zu regieren. Borsig beschaeftigt 3000 Menschen in drei verschiedenen Anstalten, von denen das grosse Eisenwalzwerk bei Moabit eine Riesenwerkstatt des Vulkan zu sein scheint. Es kommen dort Walzen von 120 Pferdekraft vor. Borsig baut gegenwaertig an der fuenfhundertsten Lokomotive. Man berechnet ein Kapital von sechs Millionen Talern, das allein durch Borsigs Lokomotivenbau in Umsatz gekommen ist. Es macht dem reichen Mann Ehre, dass er sich von den gluecklichen Erfolgen seiner Unternehmungen auch zu derjenigen Foerderung der Kunst gedrungen gefuehlt hat, die im Geschmacke Berlins liegt und dem Koenige in seinen artistischen Unternehmungen sekundiert. Er hat sich eine praechtige Villa gebaut und pflegt einen Kunstgarten, der schon ganz Berlin einladen konnte, die Viktoria regia in ihm bluehen zu sehen.

Fuer gewisse industrielle Spezialitaeten gibt es in
Berlin Betriebsformen, die wenigstens auf dem
Kontinente ihresgleichen suchen. Vor dem Schlesischen Tore liegen die Kupferwerke von Heckmann. Hier werden jene riesigen Vakuumpfannen
geschmiedet, die man in den Ruebenzuckerfabri-
ken noetig hat; hier werden die Kupferdraehte fuer
die elektrischen Telegraphen gezogen. Heckmann
bezieht sein Material direkt aus England, Schwe-
den und vorzugsweise Russland. Ebenso grossar-
tig ist Ravenes Handel mit Schmiedeeisen, Blei,
Messing, Zinn und allen metallischen Rohproduk-
ten. Es charakterisiert den Berliner Grosskauf-
mann, der seine urspruenglichen naiv-buergerli-
chen Triebe nicht lassen kann, dass Ravene in
einem Anfall guter Laune saemtliche verkaeufliche
Weine in Bordeaux aufkaufte und sich das Privatvergnuegen machte, das Modell einer grossartigen,
aber soliden Weinhandlung aufzustellen, an der es
ihm in Berlin sehr noetig schien. Goldschmidt und
Dannenberger haben Kattunfabriken im Gange,
die Tausende von Menschen, die Bevoelkerung
kleiner Stadtbezirke, beschaeftigen, ueberdies ein
pauperistisches Element enthalten, das eine um-
sichtige Behandlung erfordert ...

Quatsch, Kroll und "Satanella" (1854)

Es gibt ein Wort, das man nur in Berlin versteht.
Aber auch nur in Berlin finden sich Erscheinungen,
die man damit bezeichnen muss. Es ist dies der
Ausdruck: Quatsch.

Quatsch ist der Anlauf zum Witz, der, auf dem

halben Wege stehen bleibend, dann natuerlich
noch hinter dem halben Verstande zurueckbleibt.
Denn man kann eine halbwegs vernuenftige Meinung, ein halbwegs ernstes Urteil noch immer als
eine leidliche Manifestation gesunder Vernunft
gelten lassen. Der halbe Verstand gehoert oft der
Mystik an, die bis auf einen gewissen Punkt auch
gewoehnlich eine Art Logik fuer sich hat. Der
halbe Witz aber ist schrecklich. Er ist das absolut
Leere. Er macht die Voraussetzung, etwas Apartes
bringen zu wollen und bleibt in der Grimasse
stecken. Er schneidet ein pfiffiges Gesicht und sagt
eine Dummheit. Quatsch ist nicht etwa der Unsinn. Es lebe unter Umstaenden der Unsinn! Den
Unsinn haben Aesthetiker goettlich genannt, den
echten, wahren, natuerlichen Unsinn, der die
Haelfte z.B. des Wiener Witzes ausmacht. "Ein
vollkommener Widerspruch fesselt Weise und Toren", sagt Goethe; aber der relative Widerspruch ist
das ewig Gesuchte, das niemals Zutreffende, das
herren- und ziellos Herumtaumelnde und Faseln-
de, mit einem Wort das Quatsche.

Berlin ist gross im Quatschen. Es kichert ueber jede
Grimasse zum Witz, wenn auch der Witz aus-
bleibt. Irgendeine zweimal wiederholte absonder-
liche Redensart findet unverzueglich ihr Publikum. Man findet hier Menschen, die fuer witzig
gelten, weil sie keinen Satz enden wie andere Menschen, jedes Ding mit einem andern Namen nennen, Begriffe verwechseln und das Ernsteste im
Tone der Ironie sagen. Es herrscht bei ihnen ein
ewiges Vermeiden der geraden Linie, die andere
Menschen gehen; sie fallen, sie stolpern ueber sich

selbst; die Berliner nennen das alles witzig, waehrend ein Vernuenftiger es Quatsch nennen muss.
Ich sah "Mueller und Schultze bei den Zulu-Kaffern". Der Gegensatz war burlesk genug. Die willden Hottentotten mit ihrem rasenden Tanze, ihrem
Kriegsgeschrei, ihrem gellenden Pfeifen, mit Ge-
baerden, die eine Hetze wahnsinniger Affen zu
zeigen schienen und im Grunde Furcht und Ent-
setzen, Grauen und Mitleid, solches Gebaren
menschlich nennen zu muessen, einfloesste, und
unter ihnen die beiden Stereotypen des "Kladderadatsch", zwar ziemlich treu im Aeussern, aber in
jedem Worte, das sie sprachen, Vertreter des absolut Quatschen bis zum Ekel. "Schultze!" "Mueller!" "Mueller!" "Schultze!" "Bist du et?" "Ja, ik bin
et." "Hurrjeh!" usw. Man denke sich einen solchen
Scherz auf dem Palais-Royal-Theatre in Paris, wir
wollen nicht einmal sagen mit Levassor und Ravel,
sondern nur mit Sainville und Kalekaire! Das
Krollsche Theater mag die Mittel nicht besitzen,
gute Komiker zu bezahlen, aber der Text von Cor-
mon, Clairville, Dennery und wie die Fabrikanten
solcher Gelegenheitsscherze in den kleinern Pariser Theatern heissen, wuerde nicht so unbedingt
nur fade sein. Man muss das Pariser Oh! Oh! Gehoert haben bei jedem abblitzenden Einfall eines
solchen Unsinn-Textes, um zu verstehen, wie die
Franzosen auch bei solchen Veranlassungen witzig
und geistreich sein koennen. Diese Berliner Dra-
matisierung der Zulu-Kaffern war aber so wider-
waertig, als wenn man sich vorstellen wollte, der
Naturgeist selbst erhuebe einmal seine gewaltige
Stimme, finge zu reden an und verwechselte dabei
mir und mich.

Das Quatsche ist doch wohl in den Berliner dadurch gekommen, dass sein urspruenglich einfacher, sogar naiver und kindlicher Sinn den Anforderungen einer immer mehr anwachsenden und ueber seine geistige Kraft hinausgehenden Stadt nicht gleichkommt. Schon das verdorbene Plattdeutsch, das den Volksjargon bildet, traegt den Stempel der Unzulaenglichkeit an sich. Es ist die absolute Sprache der Unterordnung, der Beschraenktheit; es ist die Sprache der Hausknechte, Hoekerinnen, kleinen Rentiers, der Kinder, des in die Stadt versetzten Bauers. Die Sprechweise der Gebildeten traegt so sehr noch die Spuren vom Tonfall des Volksdialekts, dass es zu einer ganz freien Sprachbehandlung im Sinne des reinen Oberdeutschen hier nur bei sehr wenigen kommt. Wird nun ein so beschraenktes und in seiner Art doch wieder sehr scharf ausgepraegtes Sprachmaterial bestimmt, dem grossen Ideenkreise einer Stadt, die eine Hauptstadt der deutschen Intelligenz sein will, zum Ausdruck zu dienen, so entsteht dadurch jenes absolut Alberne, das man eine Art Geistespatois nennen moechte. Diese Missgeburt entstand erst mit der Zeit, wo Berlins Trieb nach oeffentlicher Bewaehrung wuchs. Seine Bevoelkerung emanzipierte sich zum Grossstaedtischen. Die Schusterjungen machten wohl die oeffentliche Meinung schon zu Friedrichs des Grossen Zeit; der Koenig sagte den Katholiken, die das Fronleichnamsfest oeffentlich feiern wollten: Er haette nichts dagegen, wenn die Schusterjungen es nicht hinderten. Allein die literarische Vertretung des Schusterjungentums ist neu und schreibt sich von den bekannten Eckensteherwitzen her. Dieser

Fortschritt war an sich nicht unwichtig. Es ist mit diesem Neu-Berlinertum viel gesunde Vernunft zur Geltung gekommen und wer wuerde verkennen, dass "Kladderadatsch" ganz Deutschland, von Saarlouis bis Tilsit, vorm Einschlafen geschuetzt hat? Aber die "Gelehrten des Kladderadatsch" sind witzige Auslaender, die sich nur berlinischer Formen bedienen. Ohne die Schaerfe dieses Blattes wuerden diese Formen, wie die Erfahrungen auf den neueroeffneten hiesigen Buehnen zeigen, ganz ins Quatsche zurueckfallen.

Die Art, wie hier in neuerer Zeit Buehnen eroeffnet worden sind (um diese Faehrte des Geschmacklosen weiter zu verfolgen), ist eine der unglaublichsten Inkonsequenzen einer Regierung, die in allen andern geistigen Faechern so ausserordentlich schwierig ist. Das Ministerium Ladenberg ging auf eine so gewissenhafte Revision der Theaterkonzessionen aus, und in Berlin durften Kaffeehaeuser und Tanzlokale sich in Theater verwandeln! Es ist noch ein wahres Glueck, dass unser Schauspielerstand durch die sogenannten Tivolitheater nicht ganz verwildert ist, was freilich in einigen Jahren immer mehr der Fall sein wird; es finden sich immer noch einzelne Darsteller, die den Ehrgeiz besitzen, mit ihrer Kunst nicht ganz zugrunde zu gehen. Kaum ist die naechste materielle Not befriedigt, so werden sie bestrebt sein, den gluecklicher gestellten Kollegen an den Hof- und grossen Stadttheatern gleichzukommen und Besseres und Edleres zu spielen. So hat sich das hiesige Friedrich-Wilhelmstaedtische Theater, besonders durch die Bemuehungen der trefflichen

HH. Goerner und Ascher, zu einer ueberraschenden Geschmacksrichtung, die sich in den schwierigsten aesthetischen Aufgaben versucht, emporgearbeitet, allein im Sommer verwandelt es sich wieder in ein Parktheater und noch ist die Bevoelkerung zu sehr geneigt, an dem Ton Freude zu haben, der auf einigen andern Theatern im Sinne des Quatsch angeschlagen wird. Theater ueber Theater! Hier gehen Menschen herum, die, ohne die geringste geistige Bildung, ohne Geldmittel sogar, eine Theaterkonzession in der Tasche haben; andere glauben sie ohne weiteres durch ein geeignetes Fuerwort an hoher Stelle erlangen zu koennen. Einen Zirkus zu eroeffnen oder eine Buehne scheint nach den Gesetzen der Gewerbefreiheit einerlei und allerdings hat jeder Spekulant recht, wenn er sich auf seine Vorgaenger beruft und z.B. fragt: Wie kommt der Cafetier Kroll zu einer Buehne, wie kommen zwei Gebrueder Cerf, Handlungsbeflissene, dazu, wie kommt jener einst zum Gespoett der Vorstaedte deklamatorische Vorstellungen gebende Rhetor Graebert dazu? Wer ist Herr Carli Callenbach, der auch ein Theater besitzt? Diese Anarchie auf dem dramatischen Gebiete macht dem Freunde der Literatur ganz denselben Eindruck, wie es dem Freunde militaerischer Ordnung peinlich war, sogenannte Buergerwehr in rundem Hut und Ueberrock die Armatur der koeniglichen Zeughaeuser tragen zu sehen. Nicht dass die Buergerwehr als solche zu verwerfen war, aber sie bedurfte der Organisation, sie bedurfte jener Haltung, die dem Waffendienste geziemt; ebenso verletzt wendet sich die dramatische Muse ab, wenn man ihr opfert wie dem Gambri-

nus in bayrischen Bierstuben. Man kann die treff-
liche Organisation der Pariser Theater mit diesen
Polkawirtschaften Thaliens in keine Vergleichung
bringen, man vergleiche wenigstens die Theater
der Wiener Vorstaedte. Die Josephstaedter Buehne
ist vielleicht diejenige unter ihnen, die am tiefsten
steht und doch hat sie eine bestimmte Spezialitaet;
manches Talent, z.B. Mosenthals, entwickelte sich
zuerst auf ihr, "Deborah" erschien zuerst auf der
Josephstaedter Buehne.

Das Repertoire des Koeniglichen Theaters fand ich
im Schauspiel sehr wenig anziehend, "Waise von
Lowood", "Deutsche Kleinstaedter", "Geheimer
Agent" usw. Es herrscht hier eine Unsitte, mit der
sich kein noch so wohlmeinender aesthetischer
Sinn vereinbaren laesst, naemlich die Befolgung
der Spezialbefehle, welche die einheimischen und
fremden hoechsten Herrschaften ueber die Stuecke
aussprechen duerfen, die sie zu sehen wuenschen.
Es ist dies eine Form des Royalismus, die in der
Tat etwas auffallend Veraltetes hat und in dieser
Form in keiner Monarchie der Welt vorkommt.
Bald heisst es: "Auf hoechstes Begehren", bald:
"Auf hohes Begehren", bald: "Auf Allerhoechsten
Befehl", bald nur einfach: "Auf Befehl", unter welcher bescheidenem und auch seltener vorkommen-
den Form sich die Wuensche des Koenigs zu erkennen geben. Was ist das aber fuer eine Unsitte,
dass die Kammerherren auch jeder durchreisen-
den, prinzlichen Herrschaft die Stuecke bestellen,
welche diese zu sehen wuenschen! Die geistigen
Armutszeugnisse, die sich Prinzen, Prinzessinnen,
ab- und zureisende kleine Dynasten und Dynastin-

nen mit ihren Wuenschen um dieses Ballet, um jene Oper, um eine kleine Posse geben duerfen, sind schon an sich klaeglich und fallen ganz aus der Rolle, welche die Monarchie heutigen Tages zu spielen hat; aber der Gang der Geschaefte wird dadurch auch auf eine Art unterbrochen, unter welcher Kunst und Publikum leiden. Hat eine Prinzessin eine Empfehlung von auswaerts bekommen, die ihr eine Schauspielerin oder Saengerin ueberbrachte, so bestellt sie die Stuecke, in denen sie auftreten soll. Kommt der Hof aus Mecklenburg-Strelitz, so legt man ihm die Stuecke vor, die gerade leicht anzurichten sind, er streicht sich einige an und man liest: "Auf hoechstes Begehren: 'Der geheime Agent'", ein Stueck, das jetzt auf jedem Liebhabertheater gesehen werden kann. Der Koenig besitzt so viel Geist, dass ihm diese Manifestationen des Privatgeschmacks seiner Brueder oder Neffen oder Vettern ohne Zweifel viel Heiterkeit verursachen; er sollte aber einen Schritt weitergehen und diesen Missbrauch der von den Kammerherren veraenderten Repertoires im Interesse der Kunst und des Publikums verbieten. Es macht sich dies oeffentlich kundgegebene Denken und Mitreden der "Herrschaften" in einem Staate, der ja doch wohl ein konstitutioneller sein soll, sehr wenig nach dem Geiste der in ihm allein anstaendigen Oeffentlichkeit.

Natuerlich ergibt sich unter solchen Umstaenden, wo die Grossen und Maechtigen oeffentliche Fingerzeige ueber ihren eigenen Geschmack geben duerfen, die Foerderung des Gedankenvollen und Notwendigen an einer Buehne weit schwieriger.

Wenn sich die Grossen "Satanella" oder "Aladins Wunderlampe" kommandieren, wenn Pferde auf dem Koenigsstaedter Theater agieren, Klischnigg, der Affenspieler, und die Zulu-Kaffern auf dem Krollschen Theater ihr Wesen treiben, kann eine erste Auffuehrung eines neuen Dramas im Schauspielhause nur ein kleines Publikum finden; vor einem halbbesetzten Hause sah ich die erste Auffuehrung des "Demetrius" von Hermann Grimm. Es war ein kleines Geheimratspublikum aus der Gothaer Richtung; ein paar Offiziere, einige Professoren, wenig Studenten, auf zehn Menschen immer ein bestallter Rezensent. Die Darstellung war ebenso warm wie die Ausstattung glaenzend. Das funkelte von Farbenpracht, Frische und Neuheit der Kostuemstoffe, ueberall, in den kleinsten Ausschmueckungen der Waende zeigte sich ein vorhergegangenes Studium der betreffenden Geschichte, Sitten und Kleidertrachten der Zeit, in welcher die Handlung spielte. Das Stueck war eine Anfaengerarbeit, die kaum Talent verriet (nur aus Ueberfuelle sprudelt der Quell einer geistigen Zukunft, nicht aus einer Duerftigkeit, wo sich Armut den Schein der Einfachheit geben will), aber die Darstellung ging von einem schoenen Glauben an den Wert des Stueckes aus; nirgends sah man ihr eine Missstimmung ueber die aufgebuerdete, undankbare und fuer die Zeit der besten Saison verlorene Aufgabe an und mit dem halbunbewussten Pflichtgefuehl verband sich die noch immer ausserordentlich ansprechende Natuerlichkeit der Hendrichsschen Spielweise. Rollen, die keine Schwierigkeiten der Dialektik bieten, wird Hendrichs immer vorzueglich spielen. Dieser Kuenstler ist ein schwacher Hamlet, aber ein liebenswuerdiger und ueberredender Romeo. In seiner Passivitaet liegt Poesie und da er nur die Konturen ausfuellt, die der Dichter ihm vorzeichnet, so nimmt er durch die Treue und Einfachheit, mit der er sich seinen Aufgaben unterzieht, ueberall fuer sich ein, wo einmal die Macht der Gewoehnung ein Publikum fuer ihn gewonnen hat, wie in Berlin, Frankfurt und Hamburg, wo er gewohnte Triumphe feiert.

Ich bedauerte, Dessoir nicht beschaeftigter zu finden. Dieser geistvolle Schauspieler leidet hier an der ueblichen Abgrenzung unserer Rollenfaecher. Der Begriff eines Charakterspielers, den er zu vertreten hat, ist so vieldeutig. Man kann Hamlet als Liebhaber spielen, man kann ihn aber auch, wie Dawison und Dessoir tun, als Charakterzeichnung geben. Dessoir ist einer jener Schauspieler, die zwar in jedem Ensemble eine Zierde sein werden, selbst wenn sie nur zweite Rollen spielen, aber Dessoir hat den ganzen Beruf, eine Stellung einzunehmen, die ihn zum Matador einer Buehne macht und jede bedeutende Aufgabe, die nicht ganz dem Liebhaberfache angehoert, ihm zuweist. Alle die Rollen indessen, auf die ihn sein kuenstlerischer Trieb hinfuehren muss, sind noch im Besitze der Herren Rott und Doering. Es spricht fuer die geistige Anregung, die Berlin bietet, fuer die Belohnung, die man im Beifall eines natuerlich sich hingebenden Publikums findet, dass Dessoir darum doch seinen hiesigen, hoechst ehrenvoll behaupteten Platz mit keinem andern vertauschen moechte.

Vom Schauspiel sagt man an der Verwaltungsstelle, es wuerde keineswegs vernachlaessigt und es hat sich seit Dueringers Mitwirkung sehr gehoben; dennoch muss man bei dem Vergleiche der unverhaeltnismaessigen Pracht, die das Opernhaus umgibt, wuenschen, es wuerde doch endlich ganz von der Musik und dem Ballett getrennt, es verfolgte seine ernste und schwierige Aufgabe fuer sich allein. Das Schauspiel kann nur ein Stiefkind erscheinen gegen die Art, wie die Leistungen des Opernhauses nicht etwa von der Verwaltung geboten, sondern vom Publikum empfangen werden. Neun glaenzende Proszeniumslogen ziehen fast ebensoviel Aufmerksamkeit auf sich wie die Leistungen der Szene. Das Opernhaus ist das Stelldichein der hoehern und mittlern Gesellschaft, der stete Besuchsort der Fremden, die Sehnsucht der allgemeinen Schaulust und ein Tempel des Genusses. Nicht Paris und Wien finden im Ballett ihre speziellsten sinnlichen Beduerfnisse so befriedigt wie Berlin. "Satanella" und "Aladins Wunderlampe" sind die Ballette des Tages, die jeder gesehen haben muss und die derjenige, der die Mittel besitzt, nicht oft genug sehen kann. Welche Fuelle von Licht, Farbe, Glanz aller Art, von Jugend, Schoenheit und Gefallsucht! Die musikalischen Kraefte sind hier so gross, dass z.B. an einem Abend im Opernhause der "Prophet" gegeben werden kann, im Schauspielhause die Zwischenaktmusik zu "Egmont" vollstaendig da ist und noch in der Singakademie ein Konzert mit der koenigl. Kapelle begleitet werden kann. Es ist dies nur moeglich durch die Unzahl von Akzessisten und Exspektanten, die zwar nicht die Leistungen vorzueglich, aber alle Faecher, auch die des Chors und des Ballettkorps so vollstaendig machen. Auf dreissig Taenzerinnen, welche die Verwaltung besoldet, kommen ebensoviel junge, huebsche, talentvolle Maedchen, die unentgeltlich mitwirken, nur um der Anstalt anzugehoeren und vielleicht einmal in die besoldeten Stellen einzuruecken. Vor der Auswahl von jungen Leuten, die Eltern und Angehoerige "um Gotteswillen" der Verwaltung zu Gebote stellen, kann diese sich kaum retten. Daher auf der Szene die ueberraschendste Massenentfaltung. Die Kunst der Beleuchtung, der Glanz der Kostueme, der Geschmack der Dekorationen ist aufs hoechste getrieben. Da steigen Feentempel aus der Erde, da senken sich Wolkenthrone mit allen Heerscharen des orientalischen Himmels nieder, da leuchten und blitzen unterirdische Grotten von Edelsteinen, da sprudeln natuerliche Springbrunnen im Mondenschein und fallen, vielfach gebrochen, in Bassins herab, an deren Raendern die lieblichsten Gestalten schlummern. Jede Demonstration der Szene ist ganz und vollstaendig. Nirgendwo erblickt man die Hilfsmittel der blossen Andeutung, die an andern Buehnen die Illusion vorzugsweise in die ergaenzende Phantasie der Zuschauer legt; hier ist die Schere der Oekonomie verbannt, die aus Amazonenroecken von heute fuer morgen Pantalons fuer Verschnittene macht. Hier fangen alle Schoepfungen immer wieder von vorn an. Kein Kostuemier und Dekorateur ist an die Wiederaufstutzung alter Vorraete gewiesen; hier regieren jene Warenmagazine, wo es immer wieder neue Seide, neuen Sammet und fuer die geschmackvollsten Maler neue Leinwand gibt.

Ein Ballett in Berlin zu sehen wie "Satanella" ist in vieler Hinsicht lehrreich. Dem Aesthetiker macht vielleicht die Grazie und herausfordernde Keckheit z.B. der jungen Marie Taglioni eine besondere Freude, aber die Vorstellung im grossen und ganzen mit allem, was dazu auch von Seiten des Publikums gehoert, ist kulturgeschichtlich merkwuerdig. Dieser Marie Taglioni sollte man eine Denktafel von Marmor mit goldenen Buchstaben und mitten in Berlin aufstellen. Sie tanzt die Hoelle, aber sie ist der wahre Himmel des Publikums; sie tanzt die Luege, aber sie verdient ein Standbild als Goettin der Wahrheit. Denn man denke sich nur dies junge, reizende, uebermuetige Maedchen mit ihren beiden Teufelshoernchen an der Stirn, mit dem durchsichtigen Trikot, mit den allerliebsten behenden Fuesschen, mit den tausend Schelmereien und Neckereien der Koketterie, wie nimmt sie sich unter den ehrwuerdigen Tatsachen des gegenwaertigen Berlins aus! Dieser kleine Teufel da, im rosaseidenen, kurzen Flatterroeckchen, ist sie etwa die in der Vorstadt tanzende Pepita? Nein, sie ist das enfant cherie der Berliner Balletts, und das Berliner Ballett ist das enfant cherie der Stadt, des Hofs, ist die Kehrseite der frommen Medaillen, die hier auf der Brust der Heuchelei von Tausenden getragen werden. Buechsel, Krummacher, Bethanien, Diakonissen, Campo-Santo, Sonntagsfeier, Innere Mission — was ist das alles gegen einen Sonntagabend, wenn Berlin in "Satanella" seine wahre Physiognomie zeigt! Die Prinzen und Prinzessinnen sind anwesend. Hinten auf der Szene funkelt ein Ordensstern neben dem andern, jede Kulisse ist von einem Prinzen besetzt,

der sich mit den kleinen Teufelchen des Corps de
ballet unterhaelt. Der erste Rang zeigt die Generale
und Minister, das Parkett den reichen Buerger-
stand, die Tribuene und der zweite Rang die Fremden, die den Geist der Residenz in der Provinz
verkuenden werden, die obern Regionen beherber-
gen die arbeitenden Mittelklassen und selbst die
halbe Armut, der man sonst nur Traktaetchen in
die Hand gibt, hat hier das Frivolste aller Text-
buecher muehsam nachzustudieren, um die stum-
me Handlung der Szene zu verstehen. Welche
Wahrheit deckst du doch auf, du echte Berliner, in
der Treibhauswaerme der speziellsten, koeniglich
preussischen Haus-Traditionen grossgezogene
Pflanze, Marie Taglioni geheissen! O so werft
doch, ihr besternten Herren, eure Masken ab! Ver-
ratet doch nur, dass euer Privatglaube nichts mehr
liebt als die Goetter Griechenlands und dass nicht
etwa hier der Kultus des Schoenen, sondern
draussen euer offizielles System eine Komoedie ist.

Satanella verfuehrt einen jungen Studenten, dem
das Repetieren seiner Collegia bei Stahl und Keller
zu langweilig scheint. Er hat eine Verlobte, die
vielleicht Geibel und "Amaranth" liest, aber niemand wird zweifelhaft sein, dass der junge, kuenftige Referendar besser tut, sich an Heinrich Heine,
an die schoene Loreley und die Taglioni zu halten.
Wie kalt und nuechtern ist auch die Liebe eines
Fraeulein Forti gegen die Liebe einer Satanella! Es
geht mit letzterer allerdings bergab und gerade-
wegs in die Hoelle, aber welcher Zuschauer wird
der Narr sein und nicht einsehen, dass der Satan
den jungen Lebemann nur anstandshalber holt!

Kann das eine echte Hoelle sein, in der sogar schon kleine Kinder tanzen, schon kleine Kinder mit Satanshoernern umherspringen und, wie von Selma Bloch geschieht, ein recht widerliches Solo tanzen? Kann das die echte Hoelle sein, deren Vorhof die wunderbarste Mondscheinnacht von Gropius mit dem reizendsten Chateau d'eau und der stillschlummernden antiken Marmorwelt ist? Wird irgend ein Vernuenftiger einraeumen, dass die Konsistorialraete Recht haben, wenn sie die Venus von Milo eine schoene "Teufelinne", die Antiken des Vatikan ueberhaupt, wie Tholuck getan, "schoene Goetzen" nennen? Verwandelt sich all' diese Lust und Liebe, all' diese Freude und Behaglichkeit nicht vielmehr nur rein "anstandshalber", d.h. um dem Vorurteil zu genuegen, in Pech und Schwefel, und wird irgend jemand eine solche Vorstellung, wo besternte Prinzen jede Attituede der Solotaenzerinnen beklatschen, mit einer andern Meinung verlassen als der: Ich fuehle wohl, es muss einen Mittelweg zwischen Elisabeth Fry und Marie Taglioni, einen Mittelweg zwischen Bethanien und dem Opernhause, einen Mittelweg zwischen den Konzerten des Domchors und Satanella geben? Diese Berliner Ballettabende wecken einen ebenso grossen Abscheu vor der maetressenhaften Sinnlichkeit, die durch sie hindurchblickt, wie vor der Kasteiung des Fleisches in der neuen Lehre vom Gefangengeben der Vernunft und dem fashionablen Buessertum, dessen neupreussische Fruechte wir hinlaenglich kennen.

Beide Extreme gehen in Berlin auf eine erschreckende Art nebeneinander. Sie gehen nicht etwa getrennt nebeneinander, sondern im Durchschnitt in denselben Personen. Die Heuchelei und die Ruecksicht auf Karriere mietet sich einen "Stuhl" in der Matthaeuskirche, nur damit an dem Schilde desselben zu lesen ist: "Herr Assessor N. N." und die stille Sehnsucht des wahren innern Menschen ist hier doch allein — der Genuss. Dem Genuss bauen auch andere Staedte Altaere; die buntesten, mit Rosen geschmueckten Altaere baut z.B. Wien. Aber Berlin ergibt sich immer mehr einer Form des Genusses, die nur ihm ganz allein angehoert. Es ist dies die Genusssucht eines Fremden, der in vierzehn Tagen durch seine gefuellte Boerse alles bezahlt, was man in einer Residenz, die er vielleicht in Jahren nicht wiedersieht, fuer Geld bekommen kann. Es ist die Genusssucht des Gutsbesitzers, der seine Wolle in die Stadt faehrt und sich mit vierzehn Tagen Ausgelassenheit fuer ein Jahr der Entbehrung auf seiner Scholle entschaedigt. Dies Berliner Lecken und Schlecken hat die Bevoelkerung so angesteckt, dass man mit Austernschalen die Strassen pflastern koennte. Wohlleben und Vergnuegen ist die Devise des hiesigen Vegetierens geworden, nirgend wird man z. B. den Begriff "Bowle machen" jetzt so schleckerhaft ausgesprochen finden. Die Betriebsamkeit wird durch den Luxus wohl eine Weile gestachelt werden, an Grossstaedtigkeit der Unternehmungen fehlt es nicht; aber wenn die natuerlichen Kraefte versagen, tritt das Raffinement ein und das Raffinement des Verkehrs, gewoehnlich Schwindel genannt, soll hier in einem Grade herrschen, der keine Grenzen mehr kennt. Denn was ist die Grenze, die man Bankrott nennt? Aus Nichts wer-

den die glaenzendsten Unternehmungen hervorgerufen. Mit einem Besitze von einigen tausend Talern mutet man sich die Stellung eines Kapitalisten
zu. Der Kredit gibt nicht dem Redlichen mehr
Vorschub, sondern dem Mutigen. Die Entschlos-
senheit des industriellen Waghalses leistet das
Unglaublichste. Wo die groessten Spiegel glaenzen, wo die goldenen Rahmen tief bis zur Erde
niedergehen, wo in den Schaufenstern der Butiken
die fabelhafteste Scheinfuelle des Vorrats mit dem
Geschmack der Anordnung zu wetteifern scheint,
kann man gewiss sein, auf hundert Faelle bei
neunzig nur eine Grundlage anzutreffen von eitel
Luft und windiger Leere.

Es ist mannigfach schon eine Aufgabe der neuern
Poesie, der sozialen Romantik geworden, den Le-
benswirren, die sich aus solchen Zustaenden erge-
ben muessen, nachzuspueren. Der Totenwagen
rasselt still und ernst durch dies glaenzende Gewuehl. Rauschende Baelle, in der Faschingsnacht
ein Wagendonner bis zum fruehen Morgen und
die Chronik der Verbrechen, die Statistik der
Selbstmorde gibt dem heitern Gemaelde doch eine
daemonische Beleuchtung. Erschuetternd war mir
z.B. die Nachricht, dass der Philosoph Beneke von
der Universitaet ploetzlich vermisst wurde und
wahrscheinlich sich entleibt hat. Erst jetzt kam zur
Sprache, dass dieser redliche Forscher, der sich in
der Erfahrungsseelenkunde einen Namen erworben und besonders auf die neuere Paedagogik
einen nuetzlichen Einfluss gehabt hat, seit laenger
als zwanzig Jahren nicht endlich ordentlicher Professor werden konnte und sich mit einem jaehr-

lichen Gehalte von 200 Talern begnuegen musste!
Zweihundert Taler jaehrlich fuer einen Denker,
waehrend es hier Geistliche gibt, die es auf
jaehrlich 5000 Taler bringen! Beneke war ein Opfer
des Ehrtriebes, der hier noch zuweilen einen edeln
Menschen ergreift, nicht auf der allgemeinen Bahn
des Schwindels gehen zu wollen. Des Mannes Erscheinen war einfach, war fast pedantisch. Er hatte
vor zwanzig Jahren die etwas steifen Manieren
eines Goettinger Professors nach Berlin gebracht.
Seine Vortraege waren etwas aengstlich, seine Perioden allzu gewissenhaft, sein System knuepfte
wieder an Hume und Kant an, er ging ueber die
endlichen Bedingungen unsers Denkens nicht toll-
kuehn in die Unendlichkeit; was sind Kennzeichen
solcher altbackenen Soliditaet in einer Stadt wie
Berlin, wo nur die glaenzende Phrase, der saillante
Witz und Esprit, das kecke Paradoxon und jener
doktrinaere Schwindel etwas gilt, den Hegel auf-
brachte, Hegel, der jahrelang die trivialsten Koepfe, die nur in seiner Tonart zu reden wussten oder
die es verstanden, ihrem sogenannten Denken eine
praktische Anwendung auf beliebte Religions- und
Staatsauffassungen zu geben, zu ordentlichen Professoren befoerdern konnte! Hamlet ist auch darin
das grosse und Shakespearen auf den Knien zu
dankende Vorbild aller mit der Welt verfallenen
Geistesfreiheit, dass er auf des Koenigs Frage, wie
es ihm ginge, antwortet: "Ich leide am Mangel der
Befoerderung."

— Wer ertruege Den Uebermut der Aemter und
den Kummer Den Unwert (schweigendem Verdienst erweist!)

Neues Museum — Schlosskapelle — Bethanien
(1854)

Eine derjenigen Schoepfungen des Koenigs, in denen man unbehindert von irgendeiner drueckenden Nebenempfindung atmet, ist und bleibt das Neue Museum. Der Fremde wird es bei jedem Besuche wiederzusehen sich beeilen, er wird sich der Fortschritte freuen, die die Vollendung des Ganzen inzwischen gemacht hat, er wird sich in diesen Raeumen aller laestigen Beziehungen auf lokale Absichten und Einbildungen erwehrt fuehlen und im Zusammenhange wissen nur mit jenen allgemeinen deutschen Kunstbestrebungen, die uns die Schoenheit und Pracht von Muenchen, die Ausschmueckung des koeniglichen Schlosses in Dresden, die neuen Plaene fuer Weimar und Eisenach, unsere neuen Denkmaeler, Kunstausstellungen, Kunstvereine und den Aufschwung unserer Akademien geschaffen haben. Das Neue Museum liegt in einem versteckten, zur Stunde noch beengten, unfreundlichen Winkel der Stadt, aber es ist die traulichste Staette der Begruessung, das heiterste Stelldichein des Geschmacks und der pruefenden, immer mehr wachsenden Neugier der Einheimischen und der Fremden, die sogleich hierher eilen. Es entwickelt sich langsam, aber reich und gefaellig. Es entwickelt sich unter Auffassungen, die uns wahlverwandt sind. Wir sind in Italien und in Muenchen vorbereitet auf das, was wir hier wiederfinden. Diese Raeume hat mit den Eingebungen seines Genius vorzugsweise eine grosse, freie Kuenstlernatur zu beleben, ein Dichter mit dem Pinsel, ein Denker nach Voraussetzungen, die nicht aus dem maerkischen Sande stammen. So stoert uns denn auch hier kein beliebter byzantinischer Schwulst, keine russischen Pferdebaendiger, oder Athleten oder Amazonen erfuellen uns, waehrend wir an Athen denken wollen, mit lakedaemonischen Vorstellungen; selbst die hier in Berlin ueberall aushaengende Devise: "Nach einem Schinkelschen Entwurf", stoert uns nicht. Man muss Schinkel einen erfindungsreichen und sinnigen Formendichter nennen, aber er schuf doch wahrlich zu viel auf dem Papiere, er zeichnete zu viel abends bei der Lampe; es waren geniale Studien und Ideen, die er ersann von Palastentwuerfen an bis zu Verzierungen von Feilnerschen Oefen; aber es fehlte ihm doch wohl eine gewisse Kraft, Reinheit und Einfachheit des Stils....

Eine zweite grosse Schoepfung des Koenigs ist die (Kuppeldachkapelle des Schlosses). Sie hat eine halbe Million gekostet und ist unstreitig eine Zierde des Schlosses nach dem ihm eigentuemlichen Geschmack, wenn auch eben keine Bereicherung der Kunst. Der Baumeister Schadow errichtete die gewaltige Woelbung auf einem Platze, der bisher im Schlosse unbeachtet gewesen war, verfallene Wasserwerke enthielt, altem Geruempel, freilich aber auch den vortrefflichen Schlueterschen Basreliefs, die jetzt die Treppe zieren, als Aufbewahrungsort diente. Die Spannung des mehr ovalen als runden Bogens ist meisterhaft ausgefuehrt. Einen ueberraschenden Eindruck wird der Eintritt in diesen Tempel jedem gewaehren, der sich erst im Weissen Saale an den schoenen Formen der Rauchschen Viktoria geweidet hat und zu ihm dann auf Stiegen emporsteigt, die mit lebenden Blumen geschmueckt sind und mit Kronleuchtern, die nur etwas zu salonmaessig durch Milchglasglocken ihre Flammen daempfen sollen. Man erwartet in der Kapelle weder diese Groesse noch diese Pracht. Bei laengerer Betrachtung schwindet freilich der erste Eindruck. Das steinerne, mit Marmor und Bildern auf Goldgrund ueberladene Gebaeude wird dem Auge kaelter und kaelter. Der Altar, wenn auch mit einem aus den kostbarsten Edelsteinen zusammengesetzten Kreuze geziert, die Kanzel, der Fussboden, alles erscheint dann ploetzlich so nur fuer die Schwuele der suedlichen Luft berechnet, dass man das lebendige Wort Gottes hier weder recht innerlich vorgetragen noch recht innerlich empfangen sich denken kann. Das Auge ist zerstreut durch das Spiel aller hier zur Verzierung der Waende aufgebrachten Marmorarten. Da gibt es keine Farbe, keine Zeichnung des kostbarsten Bausteins, von der nicht eine Platte sich hier vorfaende wie in einer mineralogischen Sammlung. Zu dieser durch die Steine hervorgerufenen Unruhe gesellt sich die Ungleichartigkeit der Bilder. Sie scheinen alle nach dem Gedanken zusammengestellt, die Foerderer der Religion und des Christentums zu feiern. Aber auch dies ist ein Galerie- oder Museumsgedanke, kein reiner Kirchengedanke. Huss, Luther, die Kurfuersten von Brandenburg stehen vis-a-vis den Patriarchen und den Evangelisten. Da muss es an der einigen Stimmung fehlen, die Andacht hebt sich nicht auf reinen Schwingen, man kann in einem solchen Salon nur einen konventionellen Gottesdienst halten. Ach, und dieser Fanatismus fuer das konventionell

Religioese sitzt ja wie Mehltau auf all' unsern Geistesblueten! Man denkt nicht mehr, man prueft nicht mehr, man uebt Religion nur um der Religion willen. Man ehrt sie um ihrer Ehrwuerdigkeit, man ehrt sie wie man Eltern ehrt, deren graues Haar unsere Kritik ueber die Schwaechen, die sie besitzen, entwaffnen soll. Das ist der Standpunkt der Salon-Religion. Man will nicht pruefen, man will nicht forschen, man umrahmt mit Gold und Edelstein die Tradition, die man auf sich beruhen laesst. Man schlaegt sein rauschendes Seidenkleid in kuenstlerische Falten, wenn man im Gebetstuhl niederkniet; man schlaegt sein goldenes Gebetbuch auf, liest halb gedankenlos, was alte Zeiten dachten, denkt vielleicht mit Ruehrung dieser Zeiten, wo der Glaube von so vielem Blute musste besiegelt werden, gesteht wohl auch seine eigenen suendigen Einfaelle und Neigungen ein, gibt sich den Klaengen einer vom Chor einfallenden Musik mit einigen quellenden Traenen der Nervenschwaeche und Ruehrung hin und verlaesst die Staette der Andacht mit dem Gefuehl, doch dem Alten Rechnung getragen, doch eine Demonstration gegeben zu haben gegen die anstoessige und in allen Stuecken gefaehrliche neue Welt! Das ist die Religions-Mode des Tags. Fuer diese Richtung eines vornehmen Dilettierens auf Religion kann man sich keinen zweckentsprechendern Tempel denken als die neue Berliner Schlosskapelle. Sie erleichtert vollkommen die manchmal auch wohl laestig werdenden Ruecksichten einer solchen Art von Pietaet.
Weitentlegen vom Geraeusch der Stadt und nur

leider in einer zu kahlen, baumlosen Gegend liegt Bethanien, die seit einigen Jahren errichtete Diakonissenanstalt. Man faehrt an einer neuen, im Bau begriffenen katholischen Kirche vorueber und bewundert die grossartige Anlage dieses vielbesprochenen Krankenhauses, das sich bekanntlich hoher Protektion zu erfreuen hat. Dennoch soll die Stiftung eine staedtische sein und ab und zu wird man von Bitten in den Zeitungen ueberrascht, die Bethanien zu unterstuetzen auffordern, Bitten, die wiederum dies Institut fast wie ein privates hinstellen. Zweihundert Kranke ist die gewoehnliche Zahl, fuer welche die noetigen Einrichtungen vorhanden sind. Dem fast zu luxurioes gespendeten Raume nach koennten noch einmal soviel untergebracht werden. Man hat hier ein Vorhaus, eine Kirche, einen Speisesaal, Wohnungen der Diakonissen und Korridore von einer Ausdehnung, die fast den Glauben erweckt, als waere die naechste Bestimmung der Anstalt die, eine Art Pensionat, oder Stift oder Kloster zu sein, das sich nebenbei mit Krankenpflege beschaeftigt. Ohne Zweifel ist auch die Anlage des Unternehmens auf eine aehnliche Voraussetzung begruendet. Bethanien soll eine Demonstration der werktaetigen christlichen Liebe sein; die Kranken, mag auch fuer sie noch so vortrefflich gesorgt werden, nehmen gewissermassen die zweite Stelle ein.

Die Oberin der Diakonissen ist ein Fraeulein von Rantzau. Unter ihr stehen etwa zwanzig "ordinierte" Diakonissen und eine vielleicht gleiche Anzahl von Schwestern, die erst in der Vorbereitung sind. Einige der ordinierten sind auf Reisen be-

griffen, um auswaerts aehnliche Anstalten begruenden zu helfen. Die Tracht der groesstenteils
jungen und dem gebildeten Stande angehoerigen
Damen ist blau, mit einem Haeubchen und einer
weissen, ueber die Schulter gehenden Schuerze.
Wie gruendliche Vorkenntnisse hier vorausgesetzt
werden, ersah ich in der Apotheke, die von zwei
Diakonissen allein bedient wird. Auch ein Lehr-
zimmer findet sich zu theoretischen Anleitungen.
Die groben Arbeiten verrichten gemietete Maegde,
die im Souterrain an den hoechst entsprechenden
praktischen Waschhaus- und Kuechenvorrichtun-
gen beschaeftigt sind. Auch Maenner fehlen nicht.
Die Diakonissen sind ueberhaupt mehr bei den
weiblichen Kranken beschaeftigt und muessen die
schwerere Dienstleistung, die besonders im Heben
und Umbetten der Kranken besteht, dem staerkern
Geschlechte ueberlassen. Man bekommt auch hier-
durch wieder die Vorstellung von einem gewissen
Luxus, der im Charakter der ganzen Anstalt zu
liegen scheint. Man kann den damit verbundenen
Tendenzbeigeschmack nicht gut offen bekaemp-
fen, da unfehlbar ein zwangloses Behagen in der
Naehe von Kranken und Sterbenden die ganze
Stimmung unsers Herzens fuer sich hat. Die
Sauberkeit der Erhaltung, die reine Luft, das Gefuehl von Komfort und Eleganz kommt doch auch
den Kranken selbst zugute.

Einen Freund der Diakonissenanstalten frug ich:
Aus welchem Geiste erklaeren diese Frauen und
Maedchen sich bereit, den Leidenden mit ihrer
Pflege beizustehen? Er erwiderte: Um der Liebe
Gottes willen. Unstreitig bedarf der Mensch, um

sich zu seltenen Taten anzuspornen, des Hinblicks
auf einen hoehern sittlichen Zweck. Dennoch
haett' ich lieber gehoert: Diese Institution waere
von der Menschenliebe hervorgerufen. Ich glaube,
der Ton wuerde inniger, die Haltung weniger
kaltvornehm sein. Ein Zusammenhalt bei gemein-
schaftlichem Wirken ist noetig, eine gleiche Stimmung muss alle verbinden. Ob aber dazu eine Kirche, ob Gesang und Gebet beim Essen, ob das
Herrnhuter, in "Gnadau" gedruckte Liederbuch,
das ich auf dem Piano aufgeschlagen fand, dazu
gehoert, moecht' ich bezweifeln. Ein anderes ist
der katholische Kultus von Barmherzigen Schwestern, die sich fuer Lebenszeit diesem Berufe hin-
geben und von der Welt fuer immer getrennt haben; ein anderes diese voruebergehende Wirksam-
keit einer Diakonissin, die nach vorhergegangener
rechtzeitiger Anzeige ihren Beruf wieder aufgeben
und immer noch eine Frau Professorin oder As-
sessorin werden kann. Fuer einen solchen Beruf
reicht Herzensguete, Menschenliebe und eine,
durch aeussere Umstaende hervorgerufene Neigung einen so schwierigen Platz anzutreten, vollkommen aus. Und sollte denn wirklich im 19. Jahrhundert die Bildung der Gesellschaft, die Humanitaet der Gesinnung, die Liebe zum Gemeinwohl,
die Sorge fuer die gemeinschaftlichen Glieder einer
Stadt, eines Staats und einer Nation noch nicht so
weit als werktaetiges (Prinzip) durchgedrungen
sein, dass man, um hier dreissig Frauen in einem
Geiste der Hingebung und Liebe zu verbinden,
noetig hat, nach dem Gnadauer Herrnhuter Ge-
sangbuche zu greifen?

Man wird ein jedes Krankenhaus mit Ruehrung verlassen. Auch in Bethanien sieht man des Wehmuetigen genug. Ich trat in ein Krankenzimmer von Kindern. Abgezehrte oder aufgedunsene kleine Gestalten lagen in ihren Bettchen und spielten auf einem vor ihnen aufgelegten Brette mit bleiernen Soldaten und hoelzernen Haeuserchen. Ein blasser Knabe, der an der Zehrung litt und vielleicht in einigen Wochen stirbt, reichte freundlich gruessend die Hand. Einen andern hatt' ich gut auf den Sonnenschein, der lachend in die Fenster fiel, auf die Lerchen, die schon draussen wirbelten, auf ein baldiges freies Tummeln im erwachenden Fruehling vertroesten, der Kleine litt am Rueckenmark und wird nie wieder gehen koennen. Ein Krankenhausbesuch ist eine Lehre, die nach "Satanella" und Aladins "Wunderlampe" sehr nuetzlich, sehr heilsam sein kann. Aber Bethanien verlaesst man doch mit dem Gefuehl, dass hier, wie in unserer Zeit ueberhaupt, noch mehr Menschen krank sind, als die da offen eingestehen, des Arztes beduerftig zu sein.

Zur Aesthetik des Haesslichen (1873)

Himmel! Berlin sei unschoen? hoere ich einen nationalliberalen Enthusiasten ausrufen, wie kann man einen so unzeitgemaessen Begriff aufstellen! Sie machen sich ja Treitschke, Wehrenpfennig und wen nicht alles zu unerbittlichen Feinden! Jetzt, wo in Berlin alles vollendet, gross, selbst die Zukunftsgaerten von Steglitz und Lichterfelde arkadisch sein muessen! Die Opportunitaet, die grosse deutsche Reichs- und deutsche Zentralisationsfrage bedingt den Satz: Berlin ist die Stadt der Staedte! Die Stadt auch der Schoenheit! Hoechstens im Sommer, wenn der Staub auch in Leipzig zu arg wird und die Sauergurkenzeit eintritt, dann gehoert ja Graubuenden und die Schweiz auch zu Berlin!

Beginnen wir bei alledem und umso zuversichtlicher, als die Pointe unserer pessimistischen Klagen eben auch das Deutsche Reich sein wird.

(Paris), nach den Verheerungen der Kommune, habe ich nicht wiedergesehen. Aber das alte Paris steht mir in seinem innern Strassengewuehl, wenn es gerade geregnet hatte oder noch das Strassenpflaster vom Morgentau beschlagen war und Menschen und fabelhaft geformte Gefaehrte aller Art sich zum Markte draengten, vollkommen als die alte Lutetia, die Kotstadt, in der Erinnerung. Keineswegs aber findet dies statt von dem Bilde in Paris in der maechtig ausgedehnten Peripherie des innern Kerns! Da ist es auf Plaetzen, Bruecken, Verbindungswegen, Toren, Triumphboegen, selbst Magazinen und Warenschuppen wie auf Beduerfnis nur nach dem Schoenen angelegt und konsequent durchgefuehrt!

Berlin dagegen (ich spreche gar nicht von der Schoenheit Wiens) war die Zentralstadt eines kleinen Staates, der sich schon ein Jahrhundert lang sehr fuehlte. Er konnte zwar nicht wie Frankreich Millionen, den Schweiss der Untertanen, auf seine Hauptstadt verwenden. Aber Herrscherlaune hat auch an Berlin gearbeitet, geflickt, herumgeputzt, hat Waelder abgehauen und kommandiert: Hier wird jetzt ein neues Stadtviertel angelegt! Alle Mittel schienen dafuer gerecht. Ja das Prinz Albrecht-

sche Palais in der Wilhelmstrasse entstand geradezu aus einem — verweigerten Heiratskonsense des
Despoten, den man gewoehnlich Friedrich den
Grossen nennt. Kolonisten mussten nach dem Li-
neal bauen. Man sieht denn auch noch jetzt, teil-
weise einstoeckig, diese Huetten neben den neuerdings errichteten Prachtzinshaeusern auf der
Friedrichstadt. Kurzum, es haben seit dem Grossen
Kurfuersten immer in Berlin leitende Ideen gewar-
tet, um Berlin zu einem, dem Ehrgeiz der Hohen-
zollern wuerdigen Schemel an ihrem Throne zu
machen. Schlueter, Eosander von Goethe, Knobels-
dorff mussten sich an Holland, Versailles und Rom
Muster nehmen. Potsdam schadete dann spaeter
Berlin. Friedrich der Grosse, Egoist wie er war,
baute lieber Palaeste fuer sich ganz allein. Die Kirchen, die er auf dem Gensdarmenmarkt erbaute,
waren gleichsam nur "ungern gegeben", halb Mar-
zipan, halb Kommissbrot. Friedrich Wilhelm III.
hatte Schinkels Begeisterung neben sich. Der Monarch war in Paris und hatte sich in Petersburg
verliebt, in Petersburg, wo man auf die kuppelrei-
chen Kirchen und langen prachtvollen Strassen-
prospekte stolz sein durfte. Seinen Sohn wuerde
die Geschichte am besten Friedrich Wilhelm IV.,
den Kirchenerbauer nennen. Der gekroente Ro-
mantiker hat um seine zahlreichen neuen Berliner
Kirchen herum sogar trauliche Stellen geschaffen,
die uns an San Ambrogio in Mailand, an eine ent-
legene Votivkirche Roms erinnern koennten. Seit-
dem stockt die Verschoenerung Berlins. Die
konstitutionellen Regenten tun nicht mehr, als was
ihre naechste Schuldigkeit ist. Was sich neuerdings
an Verschoenerung Berlins geregt hat, wird ueber-

holt durch die riesenmaessig gesteigerte Privat-Bauwut, deren Konsequenz denn auch der haesslichste Abbruch, Schutt, ein trauriger Anblick wie Strassburg nach der Belagerung geworden ist.

Grossartigkeit und in ihrer Art auch — Schoenheit liegt in der Avenue vom Brandenburger Tor bis zum Schloss; aber man koennte noch hundert Jahre so fortbauen wie jetzt und braechte doch nicht den Eindruck permanenter Unschoenheit von Berlin fort, wenn nicht das Auge im grossen und ganzen, in der Naehe und in der Perspektive, durch einen groesseren diktatorisch befohlenen Schoenheitskultus befriedigt wird. Freilich liegt hier der Schaden. Berlin ist eine demokratische Stadt! Nirgends macht sich das kleine Gewerbe so ausgedehnt geltend, wie hier! Eine Strasse, wo nur allein elegante Welt sichtbar wuerde, gibt es in ganz Berlin nicht! Ueberall stemmt sich der vom Bau kommende Arbeiter, der Marktkorb der Koechin, das Produkt des Handwerkers oder die Buerde des Lasttraegers zwischen die Eleganz hindurch. Das nur aus wenigen Fuss Breite bestehende Granit-Trottoir, das vor jedem Hause gelegt ist, laesst einen am anderen dicht vorueberstreifen. Der Gebildete kommt nirgends souveraen auf, selbst auf dem Asphalt-Trottoir der Linden nicht. Schon freiwillig weicht er den Volksgestalten, die sich hier so frei bewegen, wie die Helden der Boerse oder des Kriegsheeres, aus, nur um eine Szene zu vermeiden. Fast jedes neue Prachtzinshaus hat Kellergeschosse zu Kneipen, zu Lebensmittel-Betriebslokalen, zu Werkstaetten. So ist ganz Berlin durchzogen von einem immerdar werkeltaetigen Ein-

druck. Vorstadt und innere Stadt, die ueberall ge-
schieden sind, sind in Berlin eine Gesamt-An-
schauung in eins.

Die Partie vom Brandenburger Tore bis zum
Schloss ist ein Prospekt, der, wir wiederholen es,
seinesgleichen sucht. Bewundernd wird der Fremde bis zum Dom gelangen und sich von dem Total-
eindruck aufs maechtigste gehoben fuehlen. Selbst
der Eindruck des Concordienplatzes und seiner
Umgebung in Paris moechte dagegen zurueckste-
hen. Ploetzlich aber am Dome sieht der Wanderer
eine kleine Bruecke, die in die innere Stadt fuehrt.
Noch eben denkt er an Paris, an die vom Quai des
Louvre aus so zierlich geschwungenen Brueck-
chen, die ueber die Seine fuehren. Welcher Anblick
wird ihm aber hier in Berlin zuteil! Eine Holz-
bruecke, frueher um sechs Pfennige passierbar und
jetzt dem Publikum freigegeben und schwerlich
auf demnaechstigen Abbruch wartend, steht au-
genverletzend hinter den Grabstaetten der Koenige, ein Pendant zu den faulenden Fischerkaes-
ten, die in dem trueben Flusse vom Fusse des
Schlosses nur allmaehlich weichen zu wollen
scheinen, ebenso wie die Torf- und Aepfelkaehne.

Besonders unschoen wird Berlin durch die ueber
alle Beschreibung grosse Ausdehnung, die man
dem Holz-, Kohlen-, Steinhandel bis ins innerste
Zentrum der Stadt freigelassen hat. Dieser Handel
bedarf der umfassendsten Raeumlichkeiten. Meist
besitzen alte Geschaefte solche in Gegenden, die
inzwischen durch die Baulust zur fashionablen
Stadt gezogen sind. Nun hat man keineswegs die
haesslichklaffenden Luecken von Holz-, Kohlen-

und Steinhandlungen etwa verdeckt und mit der Strasse in Harmonie gebracht durch hohe gemauerte Einfriedungen, nein, die einfache, verwetterte, schwarze Bohlen-Planke, manchmal geflickt, lueckenhaft, verhaesslicht durchweg die Stadt, wie denn ueberhaupt der offne Kohlenverkauf selbst an Orten sichtbar ist, wo ihn geradezu polizeilicher Befehl entfernen sollte. Er kann, wie z.B. am Schoeneberger Ufer, eine ganze elegante Strasse entstellen. Endlich ist der ordinaere Bretterzaun doch auch von dem koeniglichen Lustschlosse in Bellevue gewichen!

"Aber das Reich! Das Reich!" Ruhe, lieber Streber! An eine partie honteuse Berlins werden wir bei Gelegenheit des Suchens nach Reichstagspalaststaetten erinnert. Man hat daran gedacht, Raczynski oder Kroll zu rasieren und ging dabei wahrscheinlich von der Absicht aus, den Stadtteil, wo die Roon- und Bismarckstrassen liegen, mehr in Schwung zu bringen. Oder wollte man, in Erinnerung an 1848, wo so manche staatumwaelzende Proklamation von einem Staendehause herab verlesen wurde, das deutsche Kapitol aus strategischen Gruenden isolieren? Die Architekten scheinen durchaus auf eine Akropolis, eine Nachahmung des Bundespalastes von Washington, bedacht zu sein. Aber bitte, bewahrt doch die Menschheit vor diesen grossen Plaetzen, wo man in der Sonne keuchen muss, bis man endlich die Stufen eines solchen Tempels erreicht hat! Und die Entfernung von dem grossen Meilenzeiger am Doenhofsplatz, um welchen herum doch die meisten Reichsboten wohnen, ist sie keiner Erwaegung wert? Schreckte nicht die Erinnerung an die Grausamkeit Koenig Ludwigs I. von Bayern, der die neue Muenchener Universitaet an die aeusserste Grenze der Stadt baute und die Studenten zwang, taeglich drei-, viermal den anstrengendsten Weg durch seine endlose, in der Hitze unertraegliche Ludwigstrasse zu machen? Nun gut, Kroll scheint gerettet. Aber wenn fuer einen anderen Plan, den etwa mit der Koeniggraetzer Strasse, Gaerten zerstoert werden muessen, alte ehrwuerdige Linden abgesaegt oder im Deckerschen Garten Baeume, die zu den Wundern Nordeutschlands gehoeren, wenn Millionen fuer Grund und Boden gezahlt werden sollen, so lasse man doch die Gaerten dem Privatbesitz oder der Oeffentlichkeit und im letzteren Falle zum Schmuck der Stadt. Setzt Statuen auf diese freigelegten Gaerten! Mehr als jetzt Berlin aufweist! Man kann auch Fontaenen dazu springen lassen, Ruhebaenke anlegen, goldbronzierte Kanndelaber aufstellen. Die Gold-Bronzierung des Gusseisens bei Laternen und Gittern, die in Paris an fast allen oeffentlichen Gebaeuden angebracht ist, macht besonders den Effekt eines Strebens nach Eleganz, das dann auch die Umgebung nach sich zieht.

Eine partie honteuse Berlins ist jene Gegend vom frueheren "Katzenstiege", jetziger Georgenstrasse, rechts von der Friedrichstrasse bis zum Gegenueber des Monbijou. In unmittelbarer Naehe eines der schoensten Prospekte der Welt findet sich der Fremde, der mit Staunen von der Koenigswache oder vom Friedrichsdenkmal die Akademie entlang ein wenig weiter wandert, ploetzlich an der

Georgen- und Universitaetsstrassenecke wie unter die Bedienten-, Kuechen- und Remisengebaeude einer fuerstlichen Hofhaltung versetzt. Ein ganzer Stadtteil, die naechste Nachbarschaft des Kaisers, sein vis a vis sogar, gleicht einem — "Wo die letzten Haeuser stehen". In der Tat hiess auch frueher die vorherliegende, jetzt noch leidlich gefaellige Dorotheenstrasse die "Letzte Strasse". Wahrlich, hier faengt die Vorstadt schon an! Links das ehemalige Gropius-Diorama, ein Holzbau, zum Gewerbe-Museum erhoben, dann Trockenplaetze, Milltaermontierung-Aufbewahrungen, Kavalleriestaelle und das ungeheure schiefwinklige Gebaeude der Artilleriekaserne, das an den Waenden vor undenklich fehlendem Kalkbewurf grauenhaft anzusehen, durch und durch verfallen und zum Abbruch mahnend ist. Es ist ein Terrain, dessen jetzige Bewohnung auf die grossen Flaechen vor den Toren verwiesen werden muss, die schon Kasernen genug aufgenommen haben. Gefaellig liesse sich hier der Quai regulieren, die hoelzerne Ebertsbruecke in eine steinerne oder hochgespannte eiserne verwandeln, das gewaltige Terrain durch ein Reichstagsgebaeude in Einklang bringen mit der Boerse, dem Museum, dem Schloss, der Universitaet und dem gruenen Baumkranze, der drueben jenseits der Spree vom Schloss Monbijou herueber winkt. Wer jetzt diese Gegend durchwandert, muss sich sagen, dass hier alles den Charakter entweder des nur momentan Aushelfenden oder des Ueberlebten traegt. Alles ist arm, unschoen, unkaiserlich.

An einigen Punkten Neuberlins, wo dasselbe

gleichsam aus einem Gusse entstanden ist, finden
sich, man darf der Wahrheit nichts vergeben,
Eindruecke von einem so erhebenden Reize, als be-
faende man sich in Genf im neuen Viertel des
Bergues oder in Lyon. Leider sind es Gegenden
der Stadt, die vom Residenztreiben, sogar von den
sonst ueberall unvermeidlichen "Theatern" zu sehr
entlegen sind. Das Luisenufer mit dem Prospekt
auf das Engelbecken, auf die neue katholische Kirche, Bethanien, im Hintergrunde die neue Thomas-
kirche — man wuenschte, dieser Charakter waere
allgemein festgehalten und fuer das Ganze massgebend. Hier bildet der Kanal den Mittelpunkt
eines wahrhaft schoenen Gemaeldes. Auch an anderen Stellen koennte es die volle Spree, wenn ein
dekorativer Sinn — des Monarchen? Des Magis-
trats? Der Privaten? — den schon gebotenen Anfaengen zu Hilfe kaeme. So ist, z.B. wenn man von
der Wallstrasse kommt und die Waisenhaus-
bruecke betritt, der hier gebotene Rundblick vollkommen von jener Grossartigkeit, die in Wasser-
staedten wie Hamburg, in den Seestaedten Hol-
lands so maechtig ergreift. Aber leider fehlen alle
Nebenbedingungen. Es fehlen Quais, Regulierun-
gen der durch Haeuserabbruch offengelegten Hin-
terfronten einiger Strassen, die mit einer jahrhundertalten Kruste von Schmutz und Ungeniertheit
bedeckt sind, es fehlen ausdrueckliche Gebote an
die im Wasser arbeitenden Gewerbe, die Unterlage
ihres Tuns und Treibens dem Auge etwas gefaelliger zu machen. Selbst der Blick vom durchbro-
chenen Kolonnadengang des Muehlendamms
ueber die Spree hinweg links zur Stadtvoigtei
koennte trotz des mehr als wuesten Gegenuebers

fuer die vollere Wirkung einer belebten, echten Hafenstrasse gewonnen werden.

Fuer solche und aehnliche Ideen schwaermten in alter Zeit die Kronprinzen! Jetzt, wo der Fiskus fuer ein Reichstags-Gebaeude im Tiergarten auf Grund und Boden mehr gefordert hat, als selbst die Gruender Unter den Linden gefordert haben wuerden, muss man sich schon begnuegen, wenn nur die staedtische Baukommission Kuenstler zu Referenten hat, die fuer Berlins Zunahme und Wachstum einen gewissen schoepferischen Plan im grossen und ganzen verfolgen, ohne dabei die Einzelheiten zu vergessen. Es handelt sich nicht darum, allmaehlich die Netze und Linien eines neuen Anbauungsentwurfes auszufuellen, nicht um die Frontenpracht der Neubauten, es handelt sich um die Wegschaffung und Milderung der entstehenden Luecken, um ein richtiges Erhalten und ein richtiges Zerstoeren. Freilich ist die Macht des Besitzes so gross, dass selbst eine in solchem Grade die Strasse entstellende Novantike wie der sogenannte "Eisbock" noch immer nicht den Mahnungen der Polizei und Stadtbehoerde gewichen ist! Das ist die Muehle von Sanssouci! Das soll nun gross sein! Begierig bin ich, was aus der grossen neuen Siegesallee im Tiergarten werden wird; noch steht dem Siegesdenkmal als Gegenpol an der Viktoriastrasse eine Litfasssaeule gegenueber.

Auf das Haessliche in den Staffierungen der Strasse durch ihr gewohntes Leben, die Wagen, die Droschken, die Bierflaschentransporte, das Haessliche in Gewohnheiten und Manieren, im Sprechen, in der Geltendmachung seiner Ueberzeugungen selbst beim schoenen Geschlecht usw. einzugehen, ist sehr misslich. Habe ich doch ohnehin schon den Zorn zu fuerchten unserer alles im rosenroten Lichte sehenden Optimisten.

* * * * *

II. Fuer und Wider Preussens Politik

Ueber die historischen Bedingungen einer preussi-
schen Verfassung (1832)

Waere Repraesentation das alleinige Element des
Liberalismus, so koennte Preussen in einer fruehern oder spaetern Zukunft noch der Stimmfueh-
rer desselben werden. Aber es ist nicht so. Wir
kaempfen nicht um Formen, sondern um den
Geist, der sie beleben soll. Wir duerfen nur die Initiative der liberalen Ideen stellen und da, wo sie
ins Leben eingefuehrt werden sollen, wachen, dass
sich ihre urspruengliche Reinheit erhalte; dass sich
nicht Eigennutz, sondern nur das wohlverstandene
Interesse in sie mische, nicht die Willkuer sich zu
ihrem Ausleger aufwerfe, sondern dass das Gesetz
es sei, das entscheidet. Oder koennen wir uns mit
dem Schwerte bewaffnen und Konzessionen ertrotzen? Die Geschichte weiss nur von Schwertern
in der Hand des Eroberers oder des Richters. Die
Voelker demonstrieren nur mit dem Worte und
wenn sie das Schwert ergreifen, so strafen sie. Sie
ertrotzen kein Gesetz, sondern strafen nur das
uebertretene. Werden die Forderungen des Liberalismus dann befriedigt sein, wenn Preussen eine
laengst versprochene Verfassung erhaelt? Nein,
dann beginnen sie erst. Jetzt stehen wir noch ruhig
versammelt um die langgestreckten Grenzen dieses Landes und sehen zu, wie der blankgeruestete
Krieger seiner Ruhe pflegt, bald rechts, bald links
sich wirft, ohne aufzustehen. Den ersten Ton, den
wir in seinen Schild hineinriefen, hat das Echo
noch nicht zurueckgetragen. Fuerchtend oder hof-

fend warten wir die Antwort ab, die der preussische Staat auf die Frage des Zeitgeistes geben muss. Weil noch nichts entschieden ist, so finden wir ueberall Gesinnungen gegen Preussen, keine Meinungen. Man verehrt es oder hasst es, fuehlt Sympathie oder Antipathie, aber die Gruende fuer das eine gegen das andre kann man nicht angeben. Wer fuer seinen Glauben an diesen Staat einen Beweis fuehren wollte, blieb noch immer in der Mitte stecken: Denn wo er alle seine Gruende gesichert glaubte, da waren sie ihm alle entflohen. Man steht vor dem preussischen Namen entweder mit gefalteten Haenden oder mit dem Ausdrucke eines moralischen Unbehagens, aber niemand spricht, jeder Mund ist geschlossen. Erst der Geist, der sich in der preussischen Verfassung offenbaren wird, kann den Widerspruch wecken, und wenn nicht alle Zeichen truegen, so wird dieser Widerspruch der lebhafteste werden, da er im Interesse der innersten Prinzipien des Liberalismus geltend gemacht werden muss. Die nachfolgenden Bemerkungen sollen diese Besorgnis rechtfertigen.

Welches Beduerfnis hat den Wunsch nach Verfassungen veranlasst? Unstreitig das Beduerfnis eines gesicherten Rechtszustandes. Welches Recht ist unsrer Zeit angemessen? Die Tradition? Das alte Herkommen? Uebereinkuenfte ueber das, was man sich gegenseitig leisten und so fuer Recht ansehen wolle? Oder ein Recht, das auch das Ziel der alten Handvesten und Vertraege gewesen sein mag, das sich aber in der Feuerprobe der Zeit bewaehrt hat und auf die ewigen Gesetze der Vernunft begruendet ist? Die Voelker haben diese Frage laengst entschieden, ihre Fuersten sind noch andrer Meinung: Entweder wollen sie das, was rechtens ist, nach den Befehlen ihres Kabinetts feststellen, oder sie erklaeren sich bereitwillig zur Umgestaltung der alten Regierungsform (es gibt eine revolutionierende Reaktion), holen aber die neue nicht aus dem freien Raume der grossartigen Geschichte unsrer Zeit, sondern aus dem Staube der Archive, aus verwitterten Pergamentblaettern, aus den Heften moderner Doktrinaere. Machen wir die Anwendung auf Preussen. Wenn wir das gegenwaertig dort herrschende Regime despotisch nennen, so ist es uns natuerlich nur um einen Namen zu tun. Wir meinen jenen humanen Despotismus, der sich von Friedrichs II. Regierungsverfahren herschreibt. Die Menschen bilden sich ein, jeder ihrer Schritte sei ein Beispiel von Billigkeit und Gerechtigkeit, wenn sie andern das zukommen lassen, was sie ihnen zu beduerfen scheinen. Aber wir beduerfen immer mehr, als wir zu beduerfen scheinen. Und umgekehrt, soll man uns Recht widerfahren lassen, wenn wir nicht eingestehen, dass uns Unrecht geschehen sei? Wer darf uns heilen wollen, wenn wir behaupten, gesund zu sein? Das ist das Grunduebel der sogenannten humanen, weisen Regierungen, dass sie vor unaufhoerlichem Wohltun das rechte Beduerfnis gar nicht aufkommen lassen. Sie wissen schon alles im voraus, haben mit ihren guten Handlungen alle Haende voll zu tun und sind so eilig, dass sie nur dazu Atem finden, um sich zu loben. Daher das Vielregieren, die Beamtenherrschaft, die desto unertraeglicher ist, je gefaelliger sie sein will. Diese vaeterliche, ja muetterliche Sorgfalt ist bekanntlich die Art der

preussischen Regierung. Da piepsen die Kleinen
unter den Fluegeln der aengstlich wachenden
Henne so zaertlich und sind so voll Ruehrung und
Dankbarkeit fuer all das Gute, was ihnen ohne
Verdienst und Wuerdigkeit erwiesen wird, dass
man hier ordentlich von politischen Traenen sprechen kann. Aber dies Vertrauen soll gestoert werden. Der Koenig hat selbst den Grundsatz anerkannt, dass der Krieg der Vater aller Dinge sei und
die Zusammensetzung von "allgemeinen Reichsstaenden" in einem hoechsten Dekrete versprochen. Dass ein solches Versprechen dem Lande
wird gehalten werden, ist unbezweifelt, nur soll
die gegenwaertige Zeit dazu so ungeschickt sein.
Man zoegert, man weist die Bitten der Provinzialstaende um endliche Gewaehrung zurueck; man
will nicht, dass es den Anschein habe, als gaebe
Furcht dem Drohenden, was Liebe dem Hoffenden
schenken wird. Von dem dereinstigen Thronfolger
ist allgemein die Ansicht verbreitet, er werde dem
vaeterlichen Versprechen nicht treu bleiben, sondern sich ihm durch irgendeinen Gewaltstreich
entziehen. Welche Annahme! Der Wille seines
Vaters wird ihm heilig sein, durch seine Befolgung
wird er ihn zu ehren wissen. Noch mehr! Sein
erster Regierungsakt duerfte die Verfassung werden, aber damit zugleich ein Fehdehandschuh,
dem ganzen zivilisierten Europa hingeworfen.

Die Doktrin unterscheidet zwei Ansichten ueber
den Staat. Nach einer ist er ein Kunstwerk, nach
der andern ein Naturprodukt. Naeher bezeichnet
sich dieser Gegensatz als politischer Mechanismus
und Organismus. Es ist eine durchaus falsche

Konsequenz, wenn man jenen zu einem notwendigen Eigentum des Liberalismus, diesen zu dem der entgegengesetzten Ansicht machen will. Die europaeischen Staaten bieten Beispiele fuer die eine Ansicht so gut, wie fuer die andere. England, Frankreich, Spanien, selbst Russland haben sich auf dem naturgemaessesten Wege entwickelt. Ihre politischen Institutionen sind nicht nur auf den Geist ihres Volkes berechnet, sondern auch durch diesen hervorgerufen. Deutschland bietet groesstenteils das Gegenteil dar. Hier, wo man sich so sehr gewoehnt hat, immer auf die Eigentuemlichkeit der Bewohner zu zeigen, wo man gern von Geistern der Vergangenheit spricht, die in die Gegenwart hineinragen, und noch immer nicht muede wird, Analogien zwischen sonst und jetzt aus unserm Gemuete, unsrer Geschichte zu suchen, hier ist gerade im Politischen ein toter Mechanismus aufgekommen. Wir haben ein Wuerttemberg ohne Wuerttemberger, ein Baden ohne Badener, ein Weimar ohne Weimarer, ein Hannover ohne Hannoveraner aus dem einfachen Grunde, weil wir umgekehrt wohl Deutsche, aber kein Deutschland haben. Preussen ist am meisten von der Geschichte ironisiert worden: Es repraesentiert den Zufall, das, was ist und auch nicht ist. Hegel kann den Anfang seines Systems statt in das abstrakte Sein auch in Preussen setzen, das Ende hat er auch wirklich darein gesetzt. Ja, diese Ironie wird durch die preussischen Doktrinaere in lebendiger Anschauung erhalten. Sie reden nach Preussen von keinem Staate lieber als von England, aus demselben Grunde, warum sie Nordamerika am meisten hassen. Dort sehen sie die Menschen gleichsam

wie Naturerzeugnisse sich gestalten. (In der Tat
haben die Sachsen die Sage, sie waeren auf den
Baeumen gewachsen.) Dort entwickelt sich ein
Keim aus dem andern: Da ist nichts Fremdartiges,
nichts Neues in den alten Gang hineingetragen:
Selbst die Reformation hat da englisiert werden
muessen. Wer bewundert nicht diesen Vorzug der
englischen Geschichte? Wer hat es nicht beklagt,
dass Deutschland, das Mutterland, nicht diesen
selben Weg der Entwicklung einschlagen konnte?
Und doch — in Preussen ist jetzt Aehnliches entdeckt. Die Doktrinaere klagen hier Friedrich II. an,
dass er in die Regierung seines Landes ein System
gebracht habe, das die Verwandtschaft mit der
einseitigen Aufklaerung seiner Zeit nicht verleug-
nen koenne; dass er den Adel des Verdienstes hoe-
her stellte, als den der Geburt; dass er ein Ge-
setzbuch gegruendet habe, was mit den Lehren
eines Haller und Bonald in zu grellem Widerspru-
che liege. Preussen sei berufen, die historischen
Interessen zu vertreten. Es gaebe keinen Fortschritt, als einen durch fruehere Zustaende beding-
ten. Nicht in dem Willen der leicht erregten Masse,
noch weniger in den Deklamationen der heutigen
Wortfuehrer und Tageshelden liege das Gesetz der
Vernunft, sondern wir seien die Leibeigenen der
Vernunft, seien ihr untertan. Weil sich nun diese
Vernunft in dem offenbart, was die Geschichte
bringt, so muessten wir uns auch andaechtig vor
der Macht des Positiven beugen. Das sind die Zau-
berformeln, mit denen man in Preussen die Jugend
alt macht und das Alte ("Alles Hohe und Edle der
Vergangenheit!" ein bekannter auf Marienburg
ausgebrachter Toast) wieder verjuengt. Auf solche

sogenannte historische Bedingungen wird die Verfassung des Landes begruendet sein.

Der Grundcharakter des germanischen Staatslebens ist die Repraesentation. Bei unsern Vorfahren wurde keine Gewalt anerkannt, die nicht ein foermlicher Vertrag als Recht festgestellt hatte. Was der eine dem andern zu leisten schuldete, war die Folge einer gegenseitigen Uebereinkunft. Die Zeit der Reformation machte diesem Verhaeltnisse ein Ende. Die Einfuehrung des roemischen Rechts, die mit dem erwachenden wissenschaftlichen Streben zusammenhing, zerstoerte im Volke sein urspruengliches Rechtsbewusstsein. Das Recht wurde Sache der Gelehrsamkeit, und diese konnte nur unter dem Schutze vermoegender Fuersten gedeihen. Die religioese Anregung band die Gemueter nur noch insofern an die Ereignisse im weltlichen Gebiete, als sie jener foerderlich oder hinderlich waren. Fuersten und Buerger hatten dasselbe Interesse, sich gegen die Anmassungen des Adels sicher zu stellen. Daraus bildete sich endlich der Begriff der fuerstlichen Souveraenitaet. Aus fuerstlichen Bedienten wurden Beamte des Staats. An die Stelle der Landtage traten Verwaltungen. Aus Rezessen und Abschieden wurden Kabinettsbefehle. Gegen diese moderne Ausbildung der Souveraenitaet reagiert unsre Zeit in zwiefacher Weise, als Revolution und Restauration. Beide kehren sich gegen das Bestehende, beide berufen sich auf die Geschichte, beide auf die Lehre. Aber die eine spricht von einer Vertretung der Intelligenz, die andere von der der Interessen. Jene hat eine Macht gewonnen, die oeffentliche Meinung; diese wird in

Preussens naechster Zukunft mit Entschiedenheit auftreten; auch sie hat eine Macht, die Gewalt. Haben wir aber Grund, zu fuerchten? Ist es nicht der alte Kampf der Demokratie und Aristokratie?

Es wird erlaubt sein, sich die Wege anzusehen, die die Verfasser der preussischen Konstitution einschlagen moegen. Die gegenwaertigen Provinzialstaende muessen die Grundlage derselben bilden. Man ruehmt die Liberalitaet dieses Instituts und preist die Gleichstellung der drei Staende, des Adel-, Buerger- und Bauern-, d.h. freien Grundbesitzerstandes. Woher aber das entschiedene Uebergewicht der Aristokratie in den Versammlungen? Welche Forderungen hat sie an die Regierungen gerichtet! Verjaehrte Rechte nimmt sie in Anspruch, Domstifte und deren Pfruenden, unverhaeltnismaessigen Erlass der Steuern u. dgl. Spricht man in diesem Sinne von einer Beachtung historischer Bedingungen bei den kuenftigen Reichsstaenden, so kann man nur wuenschen, diese nie ins Leben treten zu sehen. Der Bauernstand ist ungebildet und gibt daher seine Rechte den adeligen Grundbesitzern. Auch die Staedter koennen an Bildung z.B. mit den Buergern sueddeutscher Staedte nicht wetteifern und die sie zum Landtage schicken, sind meist staedtische Beamte, von der Regierung bestaetigt, also mittelbar Regierungsbeamte. Wollten sie auch eine Opposition bilden, so sind sie gegen den Adel in der Minoritaet und der Regierung gegenueber zu schwach, wie die Landstaende am Rhein und in Westfalen bewiesen haben.

Die mittelalterlichen Staende haben ihre Freiheiten

und Privilegien vertreten. Solche besitzen die preussischen nicht oder sollen sie ihnen noch erteilt werden? Sollen die Zuenfte wieder eingefuehrt werden? Wollen die preussischen Koenige wieder Schutzbriefe ausstellen und Urkunden auf ewige Zeiten? Auch ihre Beutel haben die alten Staende vertreten. Aber unsere Zeit verlangt eine Vertretung des Nationalvermoegens, nicht des zufaelligen Gutes, das der einzelne Stand besitzt. Eine Wiederherstellung jenes alten Zustandes waere ein vollstaendiger Umsturz des herrschenden Finanzsystems, das ohne eignes Verderben nicht aufgeopfert werden kann. Es ist wahr, dass die Fuersten in den Besitz der meisten Steuern nur durch ein Unrecht gekommen sind. Denn wenn ihnen die Staende bei dringenden Gelegenheiten statt Geld die Erlaubnis gaben, auf fuenf oder zehn Jahre Schlacht- oder Mahl- oder Tranksteuer zu erheben, so war diese Erlaubnis immer nur momentan, und erst der spaeter ausgebildete Begriff der Souveraenitaet nahm nach goettlichem Rechte von dem ewigen Besitz, was ihm menschliches nur auf eine bestimmte Zeit zugesagt hatte. Aber jetzt ist den Staenden mit der Zurueckgabe ihres alten Rechts sehr wenig mehr gedient, weil sie wohl wissen, dass jene verhassten Abgaben ihnen weniger bereitwillig wuerden gegeben werden, als der Regierung. Ehemals zahlten auch die Ritter nichts. Soll nun jetzt ein moderner Raubadel, der ohne offnen Angriff auf eine feine Weise pluendert, wieder organisiert werden? Soll die Litanei des armen Landvolkes wieder sein, der liebe Herrgott moege es behueten vor den Koeckeritz und Luederitz und vor den Kracht und Itzenplitz? Auch die Praelaten

fanden sich auf den Landtagen ein, aber nur um
Geld zu verzehren, keines zu geben. Die Geistlichkeit ist jetzt kein Stand mehr, obschon man in
Preussen Bischoefe und Erzbischoefe nach englischem Muster angeordnet findet. Die Geistlichkeit
vertrat frueher die Rechte ihrer Praebenden, solche
hat sie aber nicht mehr: Sie vertrat das Interesse
der Kirche, und wenn irgendwo durch die Bemuehungen der Regierung die Meinung, dass die Kirche in dem Staat aufgehe, verbreitet ist, so ist es in
Preussen. Die Bauern wurden gar nicht vertreten,
jetzt sind sie es aber als freie Grundbesitzer. Soll
ihnen ihr Recht wieder genommen werden? Sollen
Ritter, Staedte und Geistliche die heilige Dreizahl
bilden? Die preussischen Bauernaufstaende gegen
den Adel und Herzog Albrecht werden die Ge-
setzgeber vorsichtiger machen. Ueberall mag man
nach historischen Anfaengen einer den gegenwaertigen Zeitforderungen nur einigermassen ge-
nuegenden Repraesentation forschen, im Preussischen finden sich solche am wenigsten. Die bran-
denburgischen Markgrafen und pommerschen
Herzoege sind eigentlich nur zu den Staedten ihrer
Territorien in staendischen Beziehungen gewesen
und zwar in einer Art, die jetzt nicht mehr denkbar
ist. Sie waren die aermsten Fuersten und die
schwaechsten zugleich. Nackt und bloss, mussten
die Staedte sie bekleiden, hungernd, von ihnen
gesaettigt werden. Die maerkischen Staedte waren
Republiken mit vollstaendigem Gemeinwesen. Da
sie ihren Ursprung auf Kolonisation zurueckfuehr-
ten, sich selbst konstituierten und Gesetze gaben,
so waren es nicht einmal Privilegien, die ihnen die
Fuersten garantierten, sondern was sie ihnen ga-

ben war Dank und Entschaedigung fuer den Schutz, den ihnen die Markgrafen, urspruenglich eine militaerische Behoerde, angedeihen liessen. Noch anders war die Lage Preussens. Ein fast ganz unabhaengiger Staedtebund, bluehend durch Handel und Gewerbe, stand hier dem deutschen Ordenskapitel zur Seite, noch oefter gegenueber. Hier machte der Landadel mit den maechtigen Staedten Danzig, Thorn, Elbing, Kulm, Koenigsberg gemeinschaftliche Sache, und die deutschen Ritter, die als Herren des Landes gelten wollten, verloren ihr Ansehen und ihre Macht immer mehr und zuletzt auch gegen Polen ihre und des Landes Selbststaendigkeit. Alle diese Verhaeltnisse hat die Zeit anders gestaltet. Sie wieder herzustellen, ist unmoeglich. Jede Annaeherung an sie ist eine Halbheit, weil ein Zustand damals den andern bedingte. Endlich fehlen auch in den neu erworbenen Teilen der preussischen Monarchie in Sitte und Leben ueberall die Anklaenge der Vergangenheit. Die Rheinprovinzen und Westfalen sind nicht nur in neuerer Zeit einem ewigen Wechsel von gesellschaftlichen und rechtlichen Formen unterworfen gewesen, sondern selbst in jener Zeit, die man neu beleben will, waren gerade diese Gegenden ein Schauplatz der unsaeglichsten Verwirrungen, in denen sich nichts Altes rein und urspruenglich erhalten konnte. Man denke an die Stuerme, die jene Gegenden am Niederrhein, die Laender Juelich, Cleve, Berg erschuettert haben! Neben den politischen Umwaelzungen, die sich hier ohne Aufhoeren folgten, haben auch die kirchlichen und reformatorischen Zwistigkeiten diese Laender so zerrissen, dass an eine Wiedergeburt hier nur durch Animpfung einer neuen Bildung zu denken ist.

Vielleicht sind aber die historischen Bedingungen in einem andern Sinne verstanden worden. Man wird keine Landschaft errichten, sondern wiederum nach englischem Vorbilde ein Parlament mit zwei Kammern und dazu eine dreifache Initiative. Die zweite Kammer wuerde dann die materiellen, vielleicht auch intelligenten Kraefte vertreten, die erste aber das Ewige, das Unveraenderliche, das Unvergessliche oder was weiss ich. Man denkt an eine preussische Pairie mit dem Rechte der Erblichkeit. Ich erschrecke vor den Maennern, die in ihr sitzen werden, vor den Urteilen, die sie faellen wird. Welche Theorien werden hier zum Vorscheine kommen! Waehrend in der zweiten Kammer die Aristokratie des Geldes herrscht, prangt in der ersten die Aristokratie der Geburt im Vereine mit der der Doktrin. Wenn dann einmal, etwa bei einer Verhandlung ueber die Erblichkeit, Friedrich der Grosse in die Sitzung traete und anhoerte, wie z.B. die neuliche Erklaerung der "Staatszeitung", nicht jedem sei es gegeben, die Majestaet des Koenigtums zu begreifen, interpretiert wird, koennte er noch glauben, in der Hauptstadt eines von ihm gegruendeten Staates zu sein?

Wir gehoeren nicht zu jenen Toren, die die ehrwuerdigen Truemmer frueherer Zeiten zum Gegenstand ihres salzlosen Spottes machen. Wir bewundern die Vergangenheit, aber wir lassen sie in ihren Graebern, da auch unsre Zeit einen so schoenen Fruehling von neuen Ideen und Hoffnungen keimen laesst. O wir fuerchten den Kampf mit jenen vornehmen Meinungen nicht, die sich in Preussen so gern mit Purpurmantel, Krone und Szepter bekleiden! Unsre Zeit zittert vor keinem Gedanken mehr. Schon viele Raetsel hat sie geloest und auch jene nordischen Mysterien werden ihr nicht verborgen bleiben. Das ist aber das Herrliche dieser Zeit, dass, wer die Ansicht widerlegt, auch die Macht ueberwunden hat, die sie verteidigen wollte. Wenn ein Oedipus kommt, stuerzt sich die Sphinx in den Abgrund.

Drei preussische Koenige (1840)

Indem ich an diese auch in der Form anspruchslosen kleinen Umrisse die letzte Hand lege, kommt die Trauerkunde vom Tode Friedrich Wilhelms III. Diese Botschaft musste mich, da ich in Berlin den Volksglauben, der Koenig muesse in diesem Jahre sterben, allgemein verbreitet fand, doppelt erschuettern. Die haeusliche Zurueckgezogenheit, in der der Verstorbene lebte, hatte es unmoeglich gemacht, seit Jahren ueber seinen Gesundheitszustand etwas Gewisses zu erfahren: Zeigte er sich oeffentlich, so erschrak man zwar ueber die in letzter Zeit ausserordentlich gealterten Zuege, aber die Haltung des Koenigs war von jeher so grad und ritterlich gewesen, dass ihn diese auch in der letzten Zeit nicht verliess, und man an eine noch ausgedehntere Lebensdauer glauben durfte. Umso betroffener musste man ueber den Volksglauben sein. Man machte geltend, dass in jedem Jahrhundert das vierzigste Jahr den Preussen einen Thronwechsel oder irgend ein wichtiges Ereignis bringe, man sprach von den naechtlichen Umgaengen der weissen Ahnfrau des Hohenzollerschen Hauses. Noch oft erschien der Koenig hinter dem roten Vorhange seiner Proszeniumloge im Theater. Nur die aengstliche Einfuehrung Schoenleins in die innern Gemaecher des ab und zu als kraenkelnd Gemeldeten verriet ein tiefer gewurzeltes Leiden, dem der Monarch denn am ersten Pfingsttage wirklich erlegen ist.

Laesst sich eine ergreifendere Situation denken, als ein sterbender Koenig und ein neuer, der ihm folgt, in dem Augenblick, als der Donner des Geschuetzes die Grundsteinlegung zu einem Denkmal Friedrichs des Grossen verkuendete? Wie draengen sich hier in eine kurze Spanne Raum und Zeit, Vergangenheit, Gegenwart und Zukunft zusammen! Wuensche und Hoffnungen muessen lebendig werden, Besorgnisse sterben, andre koennen erwachen, Gedanken aus den entgegengesetztesten Richtungen muessen sich durchkreuzen. Wer hat den Schluessel, um zu erraten, was der jetzt Tote dachte, das Volk glaubte, der neue Herrscher ahnte? Wie kommt es, dass gerade die Erinnerung an den Begruender der preussischen Monarchie in ihrer Stellung zu Europa die letzte oeffentliche Tatsache im Leben Friedrich Wilhelms III. sein musste? Ist dies eine Suehne der Vergangenheit oder ein Fingerzeig fuer die Zukunft? Den Ratschluss des Weltgeistes umhuellen noch tiefe Nebel und erst die Geschichtsschreibung ferner Zeiten wird die Sonne sein, die sie erhellt.

Bei den Aegyptern sprach man ueber die toten Koenige Gericht. Man wird in oeffentlichen langen Reden und in kurzen Inschriften viel Unwahres ueber Friedrich Wilhelm III. sagen, man wird seinem Geiste das zuschreiben, dessen sein Herz, man wird dem Herzen zuschreiben, dessen sein Verstand sich ruehmen durfte. Man wird in dem seine Demut finden, was vielleicht sein Stolz war, und wird ihn vielleicht fuer das loben, wofuer er sich selbst getadelt hat. Koenige sind wie die Phaenomene der Luft. Sie werden von Tausenden ihres Volkes fuer dasselbe verwuenscht, wofuer sie andern Tausenden die Heissersehnten sind. Ein Gewitter raubt der Mutter ihr Kind, das der Blitz erschlaegt, und traenkt die duerstende Erde, die nach ihm schmachtete.

Mag man nun mit Montaigne glauben, dass "herrschen" le plus aspre et difficile metier ist, oder mit einem italienischen Sprichworte (von Oxenstierna einst ironisch angewandt), dass zum Herrschen gerade das wenigste Hirn gehoert (der Leipziger Professor Adam Rechenberg hat es uebrigens schon 1676 in einem eignen Werke widerlegt), mag man auch von dem, was ueber den Verstorbenen gesagt werden wird, abziehen, was der ruehrende Moment oder persoenliches Interesse ueberfluessig hinzufuegt, so viel wird selbst die Nachwelt nicht umstossen koennen, dass der innige Zusammenhang der Schicksale, die die preussische Monarchie trafen, mit der Person Friedrich Wilhelms III. ein in der Erinnerung nie erloeschendes Licht auf ihn geworfen hat. Eine freudenlose, umflorte Jugend machte ihn schon frueh fuer eine stillere Ergebung in das Unglueck reif. Die Maessigung, die ihn in seinen Leidenschaften und Gefuehlen beherrschte, lehrte ihn auch, das spaetere Glueck ohne Ueberhebung ertragen. Er nahm die Gaben des Geschicks mit einem Gefuehl an, das ihn auf alles gefasst machte, wenn es nur nicht ueberraschend und ohne Voraussicht kam. Heftigere Aufregungen vermeidend beaengstigte ihn jede leidenschaftliche Anmutung und so erhielt auch seine letzte Regierungsperiode jenen Charakter bescheidener Selbstbeschraenkung, den Preussen, ein innerlich so kraftvoller und nach aussen hin nicht ungedeckter Staat wohl aufgeben durfte, ohne fuer seine Erhaltung besorgt zu sein. Friedrich Wilhelm III. war durch sein Temperament vor ueberreilten Entschliessungen geschuetzt und diese Tatsache war vielleicht die gluecklichste Erfahrung fuer das Wohl des Staates in einer Zeit, wo der Zeitgeist so viel leidenschaftliche Faktoren in Bewegung setzte und es Staatsmaenner gab, die so gern neue Manifeste des Herzogs von Braunschweig in die Welt gestreut haetten und dem Weltlauf mit kecker Hand in die Zuegel gefallen waeren. Friedrich Wilhelm III. war nicht so gross in dem, was er tat, als in dem, was er vermied.

Dass man sich in Preussen, da die Zeit des Zuwartens vielleicht vorueber ist und den Horizont keine Kriegswolken trueben, nach positiven Schoepfungen sehnt und das Feld fuer einen grossartigem Anlauf zur Staatenlenkung nun geoeffnet sieht, beweist die aengstliche Spannung Preussens, Deutschlands, Europas auf den Geist, in welchem Friedrich Wilhelm IV. regieren werde. Der neue Regierungsantritt hat das vor andern Thronwechseln voraus, dass wir hier nicht einen Juengling auftreten sehen, dessen politische Ideen noch von dem Unterricht seiner Lehrer befangen sind, sondern einen gereiften Mann, der jahrelang den Zeitlauf und das Terrain der ihm nun anvertrauten Regierung gruendlich beobachten konnte. Das neue Herrscheramt wird ihm wie ein bekanntes Buch sein, bei dessen Lektuere er sich Stellen unterstrich und hier und dort Merkzeichen einlegte. Und dass es solcher Stellen und Merkzeichen viele geben muesse, beweist der allgemein selbst in Berlin verbreitete Glaube an ein neues, durchdachtes, laengst angelegtes und bald hervortretendes System.

Man erschoepft sich in Vermutungen ueber das politische Glaubensbekenntnis des neuen Koenigs. Man nennt ihn aristokratisch; aber verdanken nicht gerade einige talentvolle Buergerliche ihre Berufung zum Ministerium der Empfehlung des ehemaligen Kronprinzen? Verwechselt man nicht die vornehmimponierende und doch gefaellige Haltung des neuen Herrschers mit Sympathien, die durch nichts bewiesen sind? Man nennt ihn einen Freund der Richtungen, in welchen Steffens und aehnliche reaktionaere Geister geschrieben haben. Aber wenn der ehemalige Kronprinz Steffens persoenlich kannte, so wird er bald gefunden haben, dass die naive Lebensunsicherheit dieses geistvollen, aber unpraktischen Mischdenkers am wenigsten zu seinen politischen Phantasmen und Traeumereien Vertrauen einfloessen kann. Wie wuerde auch die grosse Vorliebe, die der ehemalige Kronprinz fuer seinen ruhmgekroenten Ahn Friedrich II. empfinden soll, mit der Hinneigung zu politischen Theorien stimmen, deren Vertreter, wie Haller, Leo, Steffens und ihnen aehnliche, in Friedrich dem Grossen nur einen gekroenten Jakobiner sehen?

Man ruehmt von jeher den Geist des neuen Herrschers. Man schreibt ihm Verstandesschaerfe und Witz zu. Er ist kein Freund des Gamaschendienstes und hat mehr Sinn fuer das Zivile als Militaerische. Er liebt den Umgang mit Gelehrten und Kuenstlern, von denen viele sich seiner naehern Bekanntschaft erfreuen. Wie harmlos er gewohnt ist, sich dem Talente hinzugeben, bezeugt der gemuetvolle, anspruchslose Brief, den er an Chamisso schrieb. (Siehe Hitzigs "Leben Chamissos" Bd. 2, S. 93.) Der ehemalige Kronprinz ist ein talentvoller Zeichner und dass ihm selbst der schriftstellerische Ausdruck nicht fremd sein duerfte, beweist der Umstand, dass man ihn oft zum Verfasser anonymer Flugschriften machen wollte! Von sogenannten noblen Passionen, die man Grossen eher nachzusehen pflegt, als Kleinen, weiss man nichts. Seine Sittlichkeit wird geruehmt. Er besucht die Kirchen anerkannt pietistischer Geistlicher; ob aus Neigung fuer ihr theologisches System, oder aus Achtung vor ihrer oft ausgezeichneten Rednergabe, weiss ich nicht. Jedenfalls wuerde eine religioese Stimmung dieser Art bei ihm nicht aus einem Minus, sondern einem Plus der Bildung entstehen; d.h. es ist moeglich, dass sie die Frucht einer entweder gemuetlichen oder philosophischen Abneigung gegen einseitige Verstandesreligiositaet waere. Es ist kein Zweifel, dass der neue Herrscher historische Tatsachen den Abstraktionen vorzieht, aber es ist wahr, dass ihm die Hegelsche Philosophie nicht unbekannt geblieben, so wird ihm das Progressive in der Geschichte nichts Befremdendes und der Einfluss des Verstandes auf die Gestaltung der neuen Zeit nichts Feindseliges sein. Friedrich Wilhelm IV. wird keinen Schritt ins Ungewisse tun. Ein Ziel hat er gewiss im Auge, wenn auch die Zeit erst lehren muss, wo es liegt. Fuer gedankenlos halte man keine seiner Unternehmungen. Ratgeber wird er hoeren, ihnen aber nicht immer folgen. Reue wird ihm, trotz seines christlichen Sinnes, fuer oeffentliche Schritte fremd sein. Er wird vielleicht bei einem Unternehmen seine Richtung aendern, nie aber einen Schritt wieder zuruecktun. Es lodert viel Feuer in ihm und sein Geist wird oft in den schoenen Fall kommen, heftigere Regungen des Gemuets zu zuegeln. Der goettlichste Triumph, den uns der Himmel schenkte, Beherrscher unserer Leidenschaften zu sein, kann ihn oft begluecken. So urteilt die Sage und urteilt vielleicht falsch. Man kann darnach den Versuch machen, ein Portraet zu zeichnen und muss sich zuletzt doch eingestehen, dass der Versuch eine Pfuscherei ist.

Es haben sich, von Herrn Varnhagen von Ense ausgebruetet, so viel kleine Gentze jetzt aus dem Ei gepickt, dass ich wohl begierig waere, was einer von ihnen, dem Beispiel des ehemaligen Kriegsrats Gentz folgend (der eine Adresse an Friedrich Wilhelm III. bei seiner Thronbesteigung herausgab), dem neuen Herrscher ans Herz legen wuerde. Mit guten Lehren aus dem frommen Telemach, der ad usum delphini geschrieben ward, wuerde es wohl ebensowenig getan sein, wie mit dem Macchiavell.

Ein Fuerst soll keinem Schmeichler trauen, sagt Mentor alle Augenblicke; baendige eine Regierungsgewalt durch die andre, sagt der Florentiner; aber wir leben nicht in Versailles und nicht in Florenz. O der guten Lehren, die man Koenigen gegeben hat! Sie werden fast alle laecherlich, wenn man sie auf bestimmte Faelle anwendet, oder sie setzen an Fuersten dasjenige als lobenswert voraus, was sich an einem zivilisierten Menschen des 19. Jahrhunderts wahrhaftig von selbst versteht. Weit schwieriger sind Ratschlaege, die einen schwebenden Status quo betreffen. Was wuerde wohl mit der katholischen Frage, was mit der kommerziellen Stellung Preussens zu Russland; was mit dem Wunsch nach einer Verfassung zu beginnen sein? Dem neuen Herrscher raten wollen? Er hat seit einer langen Reihe von Jahren den Geschaeftsgang in der Regierung seines Vaters beobachtet: Er wird sich laengst auf seinen eignen Antritt des Regimentes vorbereitet haben. Wer die Entwuerfe kennte, die schon alle im Pulte harren! Es ist leicht moeglich, dass Friedrich Wilhelm IV. fuer Europa einige Ueberraschungen im Sinne hat.

Man spricht jetzt soviel ueber Friedrich II. Was ist es, das an ihm so ausserordentlich gerade jetzt in die Augen spraenge? Will man einen schlesischen Krieg? Will man eine straffgezogene Regierungssouveraenitaet? Nein. Es ist das Persoenliche, das an Friedrich II. gerade jetzt so bewundert wird. Preuss und andere haben so herrliche Zuege von der freien, unabhaengigen, entschlossenen Denkungsart dieses Koenigs mitgeteilt. Man hat in Friedrichs Schriften Ansichten gefunden, die jetzt

wuerden fuer staatsgefaehrlich erklaert werden. Es
ist kein Zweifel, dass man mit dieser Vergoette-
rung Friedrichs des Grossen einen Wunsch fuer
seine Nachfolger aussprechen will; denn das Lob
der Vergangenheit ist immer eine Polemik gegen
die Gegenwart.

Was koennte wohl ein heutiger Monarch an Friedrich dem Grossen lernen? Vieles fuer die Personen,
weniger fuer die Sachen. Nicht alles wuerde jetzt
so am besten geschlichtet, wie es Friedrich II. geschlichtet haben wuerde. Wohl aber wuerde man
fuer die Mittel und fuer die Ratgeber lernen koennen. Theoretiker am Staatsruder wuerde er mit
Recht fuer Schwindler erklaeren und das Naechste
wuerde ihm lieber als das Entfernte sein. Was
Friedrich ueber die Religion dachte, war nicht gut
fuer die Schule, besser schon fuer die Kirche, vortrefflich fuer die Wissenschaft. Der Voltairesche
Verstand, der ihn beseelte, war schlecht fuer den
Aufbau des Neuen, aber gut zum Niederreissen
des Veralteten. Man darf diesen endlichen, wit-
zelnden Verstand nie zum Feldzugsplan erheben,
kann ihn aber gut als Waffe benutzen. Das klare,
unbestochene, vorurteilsfreie Wesen ist an Friedrich II. bewundrungswuerdig. Man fuehlt, wenn
man seine Antworten und Resolutionen liest, dass
man fuer jedes Leiden bei seinem Gemuet wohl
eben keinen Trost, bei seinem Verstande aber Ab-
huelfe wuerde gefunden haben. Seine Phantasie
und sein Geschaeftseifer machten ihm das Ver-
staendnis jedes ihm vorgelegten Falles sogleich
klar und man hatte nicht noetig, wenn man einen
Minister verklagte, zu fuerchten, dass man an eben

diesen Minister wuerde verwiesen werden.

Die Erwartungen auf Friedrich Wilhelm IV. sind gespannt. Die erste Zeit seiner Regierung gebuehrt der Trauer. In dem dunklen melancholischen Gruen des Fichtenhains, der die sterblichen Ueber-reste seines Vaters und seiner Mutter beschattet, wird man ihn noch zu oft sehen, als dass man aus seinem Auge etwas andres erraten koennte, als Traenen. Er wird nicht damit beginnen, Schoep-fungen seines Vaters umzustuerzen, er wird nie-manden, der des Seligen Vertrauen besass, aus sei-ner Naehe entfernen. Aber die Aufforderung zu Taten wird nicht ausbleiben. Die Besetzung der bekannten erledigten Ministerstelle duerfte viel-leicht das erste Symptom des Kommenden sein. Klio spitzt ihren Griffel, sinnend lehnt sie den Arm auf das neue Blatt im Buche der Geschichte und lauscht mit laechelndernster, mit bangfroher Er-wartung.

Das Barrikadenlied (1848)

Barrikaden! Barrikaden! Eine Wehr der Buerger-brust! Jeder Freie ist geladen, Auf zum Kampfe, Kameraden! Freiheitstod ist Himmelslust! Lasst uns graben, lasst uns schanzen! Faesser her und Steine drauf! Trottoire, glatt zum Tanzen, Wagen mit und ohne Franzen, Alles haelt die Kugeln auf.

Ha! Sie kommen! Nicht gezittert! Nicht den Blick zurueckgewandt! Lasst sie schiessen! Glas zer-splittert! Hinterm Wall sind wir vergittert. Freie Brueder, haltet Stand!

Fasst mit scharfem Blick die Rechten! Zielt und

drueckt die Buechse los! Offiziere, koennt Ihr fechten? Kommandieren nur den Knechten! Fallt-in Eures Koenigs Schoss.

Dann bedacht, auf kurzem Pfade, Bricht die erste, ziehn wir dicht In die zweite Barrikade, In die dritte, vierte-schade, An die fuenfte folgt Ihr nicht!

So auf Barrikadenbahnen Nur drei Tage sich gewehrt, Und beim vierten Ruf des Hahnen Unter schwarz-rot-goldnen Fahnen Hat das Volk, was es begehrt!

Landtag oder Nicht-Landtag (1848)

Die Frage, welche jetzt so lebhaft die Gemueter bewegt, fing klein an. Der Unterzeichnete wollte sich am Abend nach der Beerdigung die Anschauung einer Berliner Volksversammlung verschaffen und begab sich in die Zelte, wohin eine solche ausgeschrieben war. Er fand etwa tausend Menschen, die in verworrenem Durcheinander ueber Wahlgesetz und Landtag sprachen. Einige von dem Unterzeichneten zwischen die gehaltenen Vortraege geworfene Bemerkungen erregten die Aufmerksamkeit der Umstehenden. Man machte ihn zum Praesidenten der Versammlung, ein an sich unerquickliches Amt, das er aber nicht zurueckwies, weil wir in einer Zeit leben, wo die Anteilnahme am gemeinen Wesen edelste Buergerpflicht ist. Eine auf Grund der ferneren Debatte verfasste und von den HH. Assessor Jung, Dr. Oppenheim und Fabrikanten Lipke mitunterzeichnete Adresse gegen Berufung des Landtags wurde Freitag den 24. dem Minister Arnim ueberreicht.

Inzwischen ist die Frage zur Parole des Tages geworden und gleichsam das Symbol der Parteien. Diejenigen, welche in den Begebenheiten des 18. u. 19. Maerz eine Revolution sehen, wollen keinen Vereinigten Landtag mehr, die, welche nur eine Revolte erblicken, verlangen ihn. Die Gruende, mit denen man sich bekaempft, sind nicht immer redlich. Ich finde es unredlich, sophistisch wenigstens, wenn man der grossen Masse sagt: Wollt Ihr einen konstitutionellen Koenig? Wollt Ihr eine Kabinettsordre ohne Beirat der Staende? usw. Man formuliert die illiberale Frage liberal, und die Leute, so angeredet, antworten blindlings: Wir wollen einen konstitutionellen Koenig, wir wollen nichts ohne die Staende usw. Der Koenig ist konstitutionell, aber nur durch eine Konstitution, die wir noch nicht haben. Der Koenig hat sich mit dem Vereinigten Landtag frueher als absoluten Fuersten proklamiert, der Vereinigte Landtag bestand neben diesem absoluten Fuersten, folglich kann er jetzt nicht mehr neben dem konstitutionellen bestehen. Es ist ein Sophisma, wenn man die Konstitutionalitaet des Koenigs durch die Berufung des Vereinigten Landtags beweisen will.

Der Vereinigte Landtag ist ein Berliner Kind, ein Jahr alt; er war etwas neues, er wirkte vorteilhaft auf unsere politische Atmosphaere, vorteilhaft auch auf Lokal-Interessen. Diese letzteren verdaechtigen etwas die Sympathie, die sich fuer ihn zu erkennen gibt. Die Buchhaendler haben noch so viel Bildnisse und Reden-Sammlungen vom vorigen Jahre auf dem Lager: Man denkt, das alles wird jetzt flott; man hofft eine gewisse Beruhigung, eine Konsolidierung der Verhaeltnisse, die Boerse will endlich Kurse notieren. Die frueheren Abgeordneten, die da merken, dass ihre Stunde gekommen ist, regen sich auch. Sie moechten gern, das wittern wir in der Luft, Roemertaten von Entsagung auffuehren, recht flatternd den Mantel nach dem Winde haengen und die Luege noch mehren helfen, die uns so schon verdaechtig genug umspinnt. Das alles sind schlimme Aussichten und vermehren das Misstrauen in diesen alle Zeit ja rein prekaer und von der koeniglichen Gnade abhaengig gewesenen Staatskoerper.

Man sagt, man koenne eine moralische Versammlung nicht toeten. Und doch verlangt Ihr, dass sie sich selber toeten soll? Ich gestehe, ich moechte nicht auf den Baenken dieses Landtags sitzen mit dem Bewusstsein, dass ich mich ueberlebt haette, dass ich mich hinfort begraben lassen, mich ferner unmoeglich machen soll. Viele Mitglieder des Landtags werden so denken, vielleicht alle. Sie werden zusammenkommen, sich anblicken und die Augen niedcrschlagen. Sie werden sagen: Wie kommen wir hieher? Wir sind Provinzialstaende, wurden vereinigt ohne konstitutionellen Grundsatz, ohne Befugnis der Gesetzgebung, ohne Macht und Auctoritaet, ja sogar erst die Periodizitaet ist uns als Geschenk, durch den Augenblick, verliehen. Wir haben uns immer unbehaglich und unheimlich zusammengefuehlt, wir haben immer dahin protestiert, dass wir nicht die Staende, die 1815 versprochen sind, vorstellen, und so koennen wir nichts anderes tun, als uns in Provinzialstaende, was wir sind, aufloesen, nach Duesseldorf, Muenster, Koenigsberg, Breslau gehen, fuer das Wohl der Provinzen sorgen und uns der kleinen Freiheiten, die uns das Patent vom 3. Febr. gewaehrte, freiwillig begeben.

Die Politik sollte diesen Fall voraussetzen, sie sollte sich ruesten darauf:

1. dass dieser Vereinigte Landtag sehr unvollstaendig erscheinen, 2. sich fuer inkompetent erklaeren und 3. von der noch gaerenden Aufregung vielleicht sogar gewaltsam beanstandet werden wird.

Wuenschen das die Minister? Koennen es die Freunde des Friedens und der Ordnung wuenschen?

Ferner: Aus dem Vereinigten Landtag soll das deutsche Parlament beschickt werden. Und ueberall regt sich in Deutschland der Protest gegen diese Idee. Die Frankfurter Versammlung wird erklaeren, sie wuerde von diesen Provinzialstaenden nimmermehr Deputierte, die das preussische Volk zu vertreten haetten, empfangen. Neue Verwirrung nach einer so wichtigen Seite hin, der nationalen! Neue Aufforderung, bei Zeiten vorzubeugen und solchen Verwickelungen dadurch zu entgehen, dass man den Vereinigten Landtag, als solchen, fallen laesst. Preussen bedarf in diesem Augenblick so dringend der allgemeindeutschen Sympathie.

Wir haben noetig erstens eine konstituierende Versammlung, welche die Konstitution bespricht, und dann erst moegen die neuen Staende kommen, die vielleicht wesentlich modifiziert werden durch das (National-Parlament). Vielleicht ist das letztere wichtiger, als unsere Staende. Wenn das deutsche

National-Parlament ueber vier der wichtigsten Lebensfragen eines Volkes zu entscheiden hat, werden die Staendekammern aller deutschen Staaten ohnehin nur gewissermassen zu Provinzialstaenden herabsinken. Warum streiten wir uns ueber das kuenftige Wahlgesetz? Im Augenblick handelt es sich nur um eine konstituierende Versammlung fuer Preussen, und diese muss allerdings auf der breitesten Unterlage angelegt sein, nicht ganz abstrakt-numerisch, aber doch so viel wie moeglich. (Dahlmann) hat gewiss Kenntnisse preussischer Verhaeltnisse genug, um rasch ein solches Wahlgesetz zur konstituierenden Versammlung zu entwerfen. Er wird vorurteilslos genug sein, sich dabei an die gegebenen Zustaende des historischen Augenblickes, nicht an seine Goettinger Diktate zu halten.

Ich komme nochmals auf das obige Sophisma zurueck von einem konstitutionellen Koenig, der nichts ohne den Vereinigten Landtag tun koenne. Ich find' es geradezu machiavellistisch. Unser konstitutioneller Koenig ist sehr jung. Er ist es vor allen Dingen durch die Konstitution, die wir erst bekommen sollen. Ein Pressgesetz war rasch erlassen, ohne die Staende. Da besorgte man, die Freiheit der Presse muesse doch gleich eine beruhigende Form haben. Jetzt berufe der Koenig eine konstituierende Versammlung durch einen Aufruf an sein ganzes Volk! Die Wahlen, so oder so modifiziert, wenn nur ueberwiegend dem Grundsatz der Allgemeinheit ehrlich entsprechend, werden ihm die Maenner bringen, die allein die Gegenwart und Zukunft organisieren koennen. Es ist sophistisch, hier von einem "Gewaltstreich" zu sprechen. Der Koenig ist in diesem Augenblick der Ausdruck der Zeit, er will, was (wir) wollen, er gibt Gesetze, die ihm die (Lage der Dinge) diktiert. Er kann einfach sagen: Ich habe Euch dies und das in diesen Tagen versprochen, garantiert ohne die Staende, Inneres, Aeusseres, Deutsches, Preussisches, Berlinisches, kein Mensch hat gesagt: Der Koenig darf die Buergerwehr nicht ohne die Staende geben, die deutsche Kokarde nicht aufstecken usw., und nur in der Wahlangelegenheit, da wollt Ihr von staendischer (Zustimmung) sprechen? In der gefaehrlichsten Frage, wo der meiste Egoismus zu fuerchten steht?

Der Vereinigte Landtag enthaelt Elemente, die uns sehr (lieb) und (wert) sind. Seid gewiss, die werden wir alle wiederfinden in den neuen Wahlen! Die alten Stadtverordneten aber, Gemeinderaete usw., die durch Vorrechte gewaehlt wurden und die laermendste Agitation (fuer) den Landtag machen, die wohl nicht, und das ist gut. Eine Beleidigung des Vereinigten Landtags erblick' ich auch nicht. Kraeftig gesprochen kann man sagen: Es fiel so vieles, warum nicht er? Milder gesprochen muss man sagen: Der Vereinigte Landtag ist nur ein aus Gnade eines (absoluten) Koenigs geschenktes (Rendezvous). Die Provinzialstaende sollen nicht sogleich vernichtet werden. Sie moegen in ihre Provinzen gehen, dort das allgemeine Wahlgesetz, das die konstituierende Versammlung gegeben hat, sich mitteilen lassen und sich dort, wo sie geboren sind, auch in der Stille aufloesen oder, waere es der Fall, dass das deutsche National-Parlament nur Provinzialstaende um sich sehen will, einer neuen Organisation entgegenharren. Das in (Berlin) Vereinigtsein dieser Staende ist etwas rein Arbitraeres, Zufaelliges gewesen, und keinen Landstand kann es beleidigen, wenn man gegen diese Vereinigung protestiert.

Also, lasst Euch nichts vorreden von Rechtsverletzung, Gewaltstreich, einseitiger Willkuer. Das sind Gruben, die man Eurer guten, ehrlichen, freien Gesinnung graebt. Wenn wir eine Konstitution haben und darauf gebaute wahre Staende des Volkes, dann erst sollen die einseitigen Befehle von oben aufhoeren. Jetzt aber, solange nichts rechtlich Bindendes da ist, wollen wir froh sein, wenn die stuermisch gewesenen Vorboten des angebrochenen Voelker-Fruehlings uns noch recht viel solcher Blueten vom Baume der Majestaet schuetteln, wie diejenigen waren, welche wir in den juengst vergangenen Tagen als Gesetze und Verheissungen empfingen. Ein Wahlgesetz gibt jetzt nicht der Koenig sondern das Volk, die Zeit, der Sieg des Augenblicks.

Dr. Karl Gutzkow

Preussen und die deutsche Krone (1848)

Man kann es vom hoeheren, vaterlaendischen Standpunkte aus nicht billigen, dass sich Sueddeutschland aus den hiesigen Begebenheiten, die den gewaltigen Umschwung unserer Verhaeltnisse hervorriefen, nur die Ereignisse vom 18. und 19. Maerz herausgreift und auf diese schmerzlichen Tatsachen hin bei der Wiedergeburt Deutschlands

Preussen desavouiert. Denn was man gegen die Person des Koenigs sagt, trifft in diesem Falle das Land, trifft Preussen und viel empfindlicher Deutschland selbst.

Man beraet eine Einigung Deutschlands auf den Grund eines zu waehlenden kuerzeren oder laengeren Oberhauptes. Seit Pfizers "Briefwechsel zweier Deutscher" steht es fest, dass selbst die freisinnige, deutsche, hochherzige Bewegungspartei fuer die Idee einer preussischen Hegemonie ist. Die sueddeutschen Deputierten, die mit einem Doppelplane der Organisation, einem monarchischen und einem republikanischen, hierher kamen, vertraten anfangs denselben Geist, dieselbe Meinung, und noch am 18. und 19. Maerz soll Preussen ploetzlich "unmoeglich" geworden sein? Darin liegt eine politische Unklugheit und eine doppelte Ungerechtigkeit.

Um es ganz offen zu sagen, wonach streben wir? Wir moechten saemtliche deutsche Fuersten auf eine Art Standesherrenschaft zurueckfuehren, ihnen in Frankfurt (einem nicht gut gewaehlten Orte; Leipzig, Gotha, Weimar, Nuernberg waeren besser) eine ehrenvolle und wuerdige Vertretung ihrer Interessen und Erinnerungen geben und das ganze Reich durch ein temporaeres oder dauerndes, erbliches oder nichterbliches Bundesoberhaupt regieren lassen. Ohne eine sehr bedeutende Nullifikation unserer Fuersten ginge es dabei nicht ab. Die kleineren scheinen nicht abgeneigt, solchen Wuenschen sich zu fuegen; ja sogar groessere Fuersten, die Koenige heissen, ob sie gleich wegen ihres Gebietes nur Herzoege oder Landgrafen heissen sollten, ich sage, selbst groessere haben Waerme und Gefuehl fuer das Gemeinsame genug, dass sie freiwillig ihre Souveraenitaet angeboten und auf den Altar des Vaterlandes niederzulegen versprochen haben. Ein Koenig sogar, der sich gegen diese Richtung anzustemmen nicht mehr kraeftig genug fuehlte, entsagte seinem Throne und trat ihn seinem Erben ab, der dieser idealen Richtung sich verwandter fuehlt. Von Oesterreich wuerde man immer nur einzelne Teile seines Gebietes haben vertreten wissen wollen und wenn auch die Wiener Bewegung, der Sturz Metternichs eine augenblickliche Hingabe an das alte Kaiserhaus in uns erwachen liess, sie kann nur voruebergehend sein. Warum nur voruebergehend? Weil einmal die Persoenlichkeit des gegenwaertigen Kaisers keine ausreichende ist, zweitens der Wiener Aufschwung der rechten freiheitsgeduengten Grundlage im ganzen Reich ermangelt und drittens in Frankfurt nimmermehr gewuenscht werden kann, dass Deutschland wieder in das Schlepptau der europaeischen Politik des Hauses Habsburg genommen wird. Was man fuer [die] Reorganisation Deutschlands tut, muss ohne organische Aufnahme oesterreichischer Elemente geschehen. Oesterreich kann nur ehrenhalber dabei beteiligt sein.

So bliebe immer nur die preussische Anlehnung als die hauptsaechlichste und entscheidendste uebrig. Das schlechte Preussische ist ja im Innern zerstoert und wird noch mehr zerstoert werden durch Amalgamierung mit dem uebrigen deutschen Stoff; das gute Preussische aber ist fuer Deutschland so wesentlich, dass es Torheit und

Verblendung waere, sollte sich auf ein einzelnes
Faktum, ueber das wir noch spaeter sprechen werden, auf eine einzige dem Koenigtume gegebene
Lehre hin diese Idee der vollsten Aufnahme Preussens in die deutsche Sache zerschlagen. Welchen
Ersatz wollt Ihr in Heidelberg und Mannheim
bieten? Es ist sehr leicht, in tausendfacher Anzahl
Versammlungen ausschreiben, sich in Drohungen
und Verwuenschungen ergehen, Lieder singen
usw., aber die nuechterne Erwaegung der Tatsachen sollte Euch zwingen, Euren Unmut zu beherrschen und ueber die Personen nicht die Sache
zu verlieren!

Isoliert man Preussen, isoliert man die Empfin-
dung seines jetzt sich zwar konstitutionell binden-
den Koenigs, dessen Persoenlichkeit indessen nicht
so nach Gefallen zu beseitigen ist, so koennte der
deutschen Wiedergeburt eine grosse Gefahr er-
wachsen. Der Provinzialgeist reagiert jetzt gegen
die Hauptstadt Preussens, pommersche und
uckermaerkische Bayards wiegeln die unzurech-
nungsfaehige altfraenkische Loyalitaet der Bauern
und den Aerger des Adels auf, das Heer ist verstimmt, viele seiner Fuehrer sind geradezu verdaechtig, die ganze Maschine der Verwaltung
laeuft noch in den alten Wellen und Raedern, Polen hofft auf friedliche, unblutige Wiederherstellung und laesst im Adressenrauschen und Frau-
ternitaetspredigen vielleicht den Moment der Tat
voruebergehen, Russland, das geruestete, einige,
feste weiss, was es will, es trifft, ungehindert von
Polen, Preussen unvorbereitet, uneins, zoegernd,
den Koenig verstimmt, abgekuehlt durch Eure

Proteste, der Strom von Osten flutet heran ... und was dann? Sued- und Westdeutschland haben nur noch eine Einigkeit auf dem Papier und die Erinnerungen an die militaerische Kraft des Reiches sind eben nicht erhebender und vertrauenerweckender Art.

Preussens historische Bestimmung ist die des Werdens, des Fliessens, Wallens, sich Gestaltens und Ausdehnens. Deutschland, Preussen in sich aufnehmend, wird allein stark sein. Was weist Ihr Preussen zurueck? Ist es nicht ein neues, das sich mit Euch verschmelzen will? Habt Ihr noch Misstrauen in das von Euch bespoettelte Berlin, dem Ihr in diesem Augenblick allein den kraeftigsten Beweis einer in Deutschland doch moeglichen Auflehnung gegen Uebergriffe und Anmassungen der Gewalt verdankt? Berlin hat sich nicht nur durch seinen persoenlichen Mut zur geistigen Hauptstadt Deutschlands gemacht, sondern auch durch die Fuelle von Fragen, die sich in politischer und sozialer Ruecksicht hier allein aufgeworfen haben. Man kam fast nirgends ueber die patriotischen und liberalen Abstraktionen hinaus, in Berlin lodert es radikal vom Herd des Volkes auf.

Nenn' ich die Isolierung Preussens in diesem Augenblicke unpolitisch, so ist sie auch ungerecht und zwar in doppelter Hinsicht. Ungerecht gegen das preussische Volk, ungerecht sogar gegen den Fuersten. Was am 18. Maerz verbrochen wurde, ist das Verbrechen aller deutschen Fuersten. In Wien ist auf das Volk geschossen worden wie in Berlin, und das Blutbad wuerde ebenso gross geworden sein wie hier, wenn man dort nicht sogleich in der

Absetzung Metternichs eine rasch ausfuehrbare Konzession gehabt haette. Metternich stand schon so schwankend, dass er durch eine Strassenbewegung fiel. In Berlin war der Kampf rein eine Schlacht, die man dem Militaer als solchem lieferte, dem Militaerstaat, dem Land der Polizeityrannei, kurz, es war ein fast persoenlicher Vernichtungskampf. Jeder deutsche Fuerst, umgeben von solchen Generaelen, solchen militaerisch gesinnten Prinzen, solchen militaerischen jahrhundertalten Arroganzen, haette ebenfalls feuern lassen. Der Koenig braucht darum gar nicht persoenlich der "Wuerger" und Schlaechter zu sein, fuer den ihn die Heidelberger Adresse erklaert. Er ist ganz einfach der Ausdruck seiner Standesvorurteile, seiner militaerischen Erziehung, das Echo seiner Ratgeber, das weiche Wachs seiner Brueder und sogenannten Jugendfreunde, der Froemmlinge, der Volksveraechter jeden Grades. Rechnet man noch hinzu, wieviel Unruhe und Unselbstaendigkeit er in sich selbst besitzt in dem Gefuehl seiner nunmehr achtjaehrigen widerspruchsvollen Regierung, wo ihn, den romantisch gestimmten Epigonen vergangener Zeitrichtungen, der Sturmwind des Tages ewig im Kreise umherwirbelte und er bei dem unleugbaren Willen, gut, gerecht, weise, edel sein zu wollen, und dem Bewusstsein, gut, gerecht, weise, edel sich selbst zu erscheinen, doch der Welt gegenueber immer als das Gegenteil davon hervortrat: so ist es im hoechsten Grade ungerecht, die voellige Umkehr und neue Geburt, zu der er am 20. Maerz die Lust bezeugte, das Emporhalten des Reichsbanners und den Enthusiasmus eines neuen ihn innerlichst ergreifenden Menschen abzuweisen und seine warme Hingabe an die deutsche Sache zu erkaelten. Noch beduerfen wir, um das, was in Frankfurt bezweckt wird, auszufuehren, der Persoenlichkeit unserer Fuersten. Noch kann die Reue, das Beduerfnis nach Popularitaet, der geweckte Enthusiasmus des preussischen Koenigs in die Waagschale der Frankfurter Entschluesse das Gewicht der Entscheidung legen; warum festhalten an dem, was am 19. in Berlin geschah und wie es in Muenchen, Kassel, Karlsruhe, Hannover geschehen sein wuerde, wenn nicht das Volk gleich anfangs eine kraeftige Miene gezeigt haette! Mit Worten ist in Staedten, die ich nicht nennen will, von unseren Fuersten mehr gemordet worden, als hier in Berlin mit Waffen.

Deutschlands Wiedergeburt unter dem preussischen Banner ist, so lange wir in der konstitutionellen Monarchie uns bewegen wollen, die einzige kraftvolle und Zukunft versprechende Loesung des Augenblicks. Wollt Ihr die Einigung Deutschlands in wahrer Vollendung, so koennt Ihr nur den Maechtigsten an die Spitze stellen und das, was Ihr an seiner Person vermissen wollt, durch den Genius seines Volks ersetzen!

Dringen diese Ansichten nicht durch, scheitern sie an einer unueberwindlichen persoenlichen Abneigung, so treten folgende Faelle ein: Erstens werden wir um die Russland in Schach haltende polnische Insurrektion betrogen, da ein unter den Auspizien des Panslawismus friedlich geschaffenes Koenigreich Polen leicht mit dem Zaren friedlich sich abfinden duerfte. Zweitens haetten wir die russische Invasion, die ein innerlich zerworfenes, militaerisch unorganisiertes Deutschland, ein fuer den Augenblick an sich selbst irrgewordenes Preussen vorfaende. Drittens endlich, wer schuetzt uns — vor Verrat, vor einer tief angelegten, grauenerregenden.... Intrige? All' diese Lose schlummern im Schoss der naechsten Zukunft, wenn Sueddeutschland in seinen Ablehnungen und Protesten so fortfaehrt, wie es begonnen, es sei denn, dass der Koenig von Preussen, der grossen Mission seines Volkes sich unterordnend, den Wink verstaende, den ihm Gervinus im neuesten Bulletin der "Deutschen Zeitung" gegeben hat.

Abwehr einer Verleumdung (1850)

In N deg.. 43 dieser Zeitung sagt ein Anonymus, dem die Redaktion sogar die Ehre erweist, seine boesen Verdaechtigungen in den Grossdruck des politischen Textes aufzunehmen, der Unterzeichnete koennte schon deshalb als "technischer Direktor" des K. Hoftheaters nicht berufen werden, weil — ihm etwa die noetigen dramaturgischen Kenntnisse mangelten? Nein. Oder weil von ihm bekannt waere, dass er zwar kein republikanischer, aber doch sonst ein gar schlimmer und bedenklicher Autor waere? Auch das nicht! Nun, warum denn sonst nicht? Er hat etwas viel, viel Aergeres begangen. Er waere im Jahre 1848 von Dresden ganz besonders zu den "Maerzereignissen" heruebergekommen. Zwar setzt der wohlwollende "Zuschauer" schuechtern hinzu: "Wie es scheint." Verzwicktes "wie es scheint"! Warum nicht sogleich dreister? Warum nicht sogleich geradezu gesagt, ich haette Barrikaden befehligt?

Im Mai 1849 hab' ich in Dresden, wohin ich nicht
erst zu reisen brauchte, wirklich eine Barrikade
bauen sollen. Fuenf Maenner in Sensen hielten mir
Steine entgegen und wollten mich zwingen, Hand
anzulegen. Lasst mich! Ich bin kein Baumeister!
musst' ich ihnen sagen. Es half nichts: "die Sense
sollte michs schon lehren!" Erst als ich etwas un-
sanft sagte: Leute, ich habe fuer die deutsche Einheit mehr mit dem Wort getan, als ich hier mit
Steinen tun kann! liess mich die damals souve-
raene Insurrektion meines Weges ziehen. Freilich!
Warum sass ich nicht, wird mein "Zuschauer" fragen, auch hier versteckt in irgendeinem Keller?
Warum war ich an jenem Maerzsonntage 1848 vor
dem Schlosse in Berlin und sah mir dies Wogen
und Wueten einer ungebundenen Menschenmasse
an? Der schlimme "Zuschauer" sagt, Herr Polizei-
praesident v. Minutoli muesste darueber auch
noch erst Bericht erstatten. Niemand kann im ge-
schichtlichen Interesse mehr wuenschen als ich,
dass der freundliche und um den milderen Verlauf
jener Tage vielfach verdiente Herr v. Minutoli
seine damaligen Erlebnisse erzaehlte. Aber ich
wuenschte doch, Felix Lichnowski lebte noch und
bestaetigte mir's, dass er mich aufforderte:
"Freund, Sie muessen reden! Sie muessen! Ich lasse
Sie nicht!" "Worueber?" "Ueber was Sie wollen! Ich
bin heiser, ich kann nicht mehr! Nur reden, nur
beruhigen! — Nun denn, sagt' ich, ich habe in jenem patriotischen, angeborenen, mark-branden-
burgischen, vaterstaedtischen Drange, von dem
man damals noch nicht ahnte, dass man ihn spaeter fuer revolutionaeren Fuerwitz erklaeren koennte, das Wort des Koenigs: Kommt und ratet mir! so

aufgefasst, dass ich ihm einen Brief uebergeben liess, worin ich ihn bat, in die aufgeloeste Ordnung irgendeinen, die Massen nur legal zusammenziehenden, die Gemueter zerstreuenden neuen Gedanken zu werfen, am liebsten den der Buergerbewaffnung! "Sprechen Sie darueber! Sogleich! Hier! Heran! Ich lasse Sie nicht mehr fort!" Ich sprach, und die Massen, die zu allen Konzessionen, die sie kaum verstanden, noch etwas Neues, Handgreifliches, leicht Verstaendliches hinzuempfingen, zerstreuten sich. Es ist bekannt, dass der Koenig denen gedankt hat, die an jenem Sonntagmorgen zum Schlosse hielten. Freilich, sehr exaltiert, sich ohne Portefeuille fuer einen Politiker zu halten! Sehr exaltiert, nicht wie jener Feigling im "reisenden Studenten" in den Mehlkasten zu springen und zu rufen: Brennt's noch? Wer damals in den Mehlkasten sprang, der kam freilich fuer immer sehr weiss heraus.

Einige Tage gaerte das, alle ergreifend, noch so fort. Und wenn mein "Zuschauer" sagt: Vor dem 18. Maerz schon haett' ich "Taetigkeit entwickelt", so will ich ihm sagen, was ich vor und nach dem 18. Maerz fuer "Taetigkeit entwickelte." Am 6. kam ich mit Weib und Kind nach Berlin, um meinen Urlaub dort zu verleben. Von da bis zum 18. schrieb ich im Hotel de Russie mein Schauspiel: Ottfried. Und vom 22. Maerz bis 22. April, also waehrend der vollen Bluete der Revolution, sass ich am Krankenbette eines Kindes, am Sterbebette einer Frau. O Du leidiger "Zuschauer"! Ich beantworte Deine boese Anklage so ausfuehrlich nicht wegen des "technischen Direktors" (der nicht mir, nur jener Anstalt fehlt), sondern deshalb, weil diese in Berlin eingerissene Enthuellungssprache, dies mystische: Der war gestern in der und der Strasse! Man hat ihn da und dort mit dem und dem verkehren sehen usw. eine wahre Schmach unserer Zeit ist und an die truebsten Tage roemischer Delatorenwirtschaft erinnert.

Wenn man von mir sagt, dass ich bei dem mir mannigfach eingeraeumten Berufe, fuer die deutsche Schaubuehne theoretisch und praktisch zu wirken und an jedem Hoftheater die aesthetische Initiative ergreifen zu koennen, doch immer noch so "taktlos" bin, in politischen Dingen mehr links als rechts zu stehen, so kann ich mich dagegen nicht verteidigen und werd' es nicht. Aber den Vorwurf, dass ich in meinem Leben je gewuehlt, agitiert oder konspiriert haette, weis' ich mit Verachtung zurueck.

Dresden, 23. Februar 1850.

Dr. Karl Gutzkow

Varnhagens Tagebuecher (1861)

Wir moegen nicht das Schlimme wiederholen, das sich schon reichlich in manchen Blaettern ueber Ludmilla Assings neue Mitteilungen aus dem Nachlass ihres Oheims (zwei Baende, Leipzig, F. A. Brockhaus, 1861) gesagt findet. Die Ausdruecke der Anfeindung und Verachtung kommen meist aus der Region, wo man sich durch die guten Seiten dieser Tagebuchnotizen getroffen fuehlt.

Wer die Zeit von 1835-43 (dies die Jahre, die die vorliegenden zwei ersten Baende treffen) mit all

dem Unmut und dem Druck persoenlichster Be-
nachteiligung durchlebt hat, dem Varnhagen in
seinen Aufzeichnungen Worte leiht, der entschul-
digt das meiste von dem, was andere hier verurteilen wollen. Ihm bleibt es eine Erquickung,
noch einmal bis in die kleinsten Details jenen traurigen Zeiten der Verfolgung und endlich zu Fall
gekommenen Tyrannei nachzuleben. Ihm gewaehrt es einen hohen Genuss, sich sagen zu koennen: An alledem warst auch du mit den tiefsten
Atemzuegen deines Lebens beteiligt, fuehltest dieselben Gewaltschlaege der Schergen, hofftest auf
dieselben Sonnenblicke der bessern Zeit! Bis ins
einzelnste lebt sich ein aelteres Geschlecht in diesen Varnhagenschen Mitteilungen noch einmal
wieder sein eigenes Leben durch.

Und auch das ist eine der guten Seiten dieser Veroeffentlichungen, sie lehren Hingebung an Zeit
und Menschen, Verehrung und Pietaet vor der ge-
messenen Stunde, auch vor fremder Bildung, frem-
dem Lebensschicksal und vollends vor dem eigenen, soweit wir nur zu oft geneigt sind, immer nur
in hastiger Erwartung des Zukuenftigen unsere
Befriedigung zu finden. Je massenhafter die Zeit
ihre Strebungen ansetzt, je verallgemeinerter die
Wirkungen des Zeitgeistes sind, desto erhebender
diese Beachtung des Einzellebens, diese sinnige
Beobachtung des Individuellen und Persoenlichen.
Letztere Beobachtung ist bei Varnhagen nicht ganz
von der Neugier, noch weniger lediglich vom Gefallen an dem medisanten Gefluester der Goettin
Fama eingegeben; sie entspringt aus einem Per-
soenlichkeitskultus, den wir nicht verwerfen oder

um seiner etwaigen Abnormitaeten willen verurteilen wollen.

Welche Fuelle von interessanten Mitteilungen diese beiden Baende enthalten, ist in allen Zeitungen schon gesagt worden. Wir koennen allerdings den verstehen, der die Moeglichkeit, solche Tagebuecher zu fuehren, in mehr bedenklichen als guten Charaktereigentuemlichkeiten finden will; das vor uns liegende Endergebnis solcher Art oder Unart ist jedoch lehrreich und nuetzlich. So viel laesst sich bei jedem einigermassen Urteilsfaehigen voraussetzen, dass ihm nicht jede dieser fluechtig hingeworfenen Aeusserungen massgebend sein wird — es kann in ihnen getadelt werden, was vielleicht alles Lobes wert ist — aber luftreinigend wirken diese Explosionen; Behutsamkeit werden sie nach allen Seiten hin verbreiten. Wie gut tut es nur allein schon den Hochgestellten und Maechtigen, dass sie ueberall sich eingestehen muessen: Hier ist zwar nicht durch Anschlag vor Fussangeln gewarnt, aber huete dich bei jedem Schritt, unvorsichtig und unbedacht zu sein!

Auch darin muessen wir eine hoechst interessante Wirkung dieser Veroeffentlichungen sehen, dass wir die ausserordentliche und fast unglaublich scheinende (Natuerlichkeit) kennenlernen, die in gewissen hoehern Regionen waltet. Moeglich, dass zwei Dritteile dieser hier vom Hofe, den Prinzen, den Staatsmaennern Preussens aus den oben genannten Jahren mitgeteilten Anekdoten unrichtig erzaehlt oder leere Erfindungen des Geruechts sind; dennoch bleibt immer noch genug zurueck, um uns ein Bild dieser steten Agitation zu geben, die um die hervorragenden Erscheinungen der Erdenmacht sich auf- und abbewegt. So stuermt der Zugwind am meisten um grosse, alleinstehende Kirchen und laesst schon in der Legende den Teufel da sein lustigstes Spiel treiben. Varnhagen hat Fuersten und Regierende genug selbst gesprochen, teilt Aeusserungen von erlauchten Lippen genug selbst mit, die sein eigenes Ohr vernommen, um die Vorstellung zu erwecken: So also beaengstigt euch Herrschende doch die Zeit und die tausendfache Verpflichtung, die gerade euch stets mahnend zur Seite steht! So jagen euch die unfertigen Gestaltungen dieser irdischen Welt hin und her; so bringt der Vorwitz und die Torheit und welche Leidenschaft der Menschen nicht — ! unablaessig Wirkungen hervor, deren Ursachen wir Fernstehenden kaum ahnten! In den Zeitungen stand das alles so kalt und so abgeschlossen fertig da, was sich hier hinter den Kulissen so heiss siedend und wallend erst formte, so unfertig, so nur wie vorlaeufig! Diese Haende konnten maechtige Fahrzeuge zimmern und doch nicht dem Sturm und den Wellen gebieten! Wir haben seit langem nicht so auf den Sieg des Wahren und Gerechten vertraut wie nach der Lektuere dieser Tagebuchmitteilungen, die uns die Gewalthaber der Erde als ebenso hilfsbeduerftige Menschen schildern, wie wir selbst sind.

Vorlaeufiger Abschluss der Varnhagenschen Tagebuecher (1862)

Es wuerde ueberfluessig sein, das Erstaunen und die mannigfachen Bedenken ueber die Existenz

und die fruehzeitige Herausgabe der Varnhagenschen Tagebuecher zu wiederholen. Ihr oeffentli-
ches Vorhandensein ist nun einmal ein Begegnis
wie ein Naturphaenomen, das sich aller Berech-
nung entzieht. Selbst eine Anklage und vor allem
die gerichtliche Verfolgung erscheint uns im vorliegenden Falle wenig angebracht, da man nur einfach zugeben sollte, dass es sich hier um ein lite-
rarhistorisches Ereignis, ein psychologisches Raetsel, um eine in dem Leben eines ausgezeichneten
Mannes uns bis jetzt noch unvermittelt erscheinen-
de Anomalie handelt. Die Entwaffnung dessen,
der durchaus entruestet sein und bleiben will, sollte in den Vorzuegen des Schriftstellers selbst liegen, der uns so lange Jahre hindurch ein Muster
der Maessigung und des Strebens nach dem Kern-
gehalt der Zeit und Welt erschien. Ihn jetzt ploetzlich so ganz abirren zu sehen von derjenigen Bahn,
in welcher von ihm so viel Bedeutendes und Blei-
bendes geleistet worden ist, das ist eine Erscheinung von so fragwuerdiger Seltsamkeit, dass sie
uns nur psychologisch, biographisch, zeitge-
schichtlich beschaeftigen, am wenigsten Anlass geben sollte, die Herausgabe des Buches zu einem
Vergehen zu stempeln. Selbst noch das Irrge-
wordensein eines bedeutenden Mannes kann ein
Schauspiel bieten, das interessant und lehrreich ist.

Bis nahe an die Grenze der Unzurechnungsfae-
higkeit sind allerdings diese Aufzeichnungen aus
den Jahren 1848 und 1849 vorgerueckt. Aber waren wir denn alle, die wir jene Tage miterlebten,
frei von einer krankhaften Exaltation unsers Em-
pfindens und Denkens? Wer haette nicht damals

sich mitten auf die Strasse stellen und seine Stimme laut erschallen lassen moegen, um vor hereinbrechenden Gefahren zu warnen? Falsche Volksfuehrer zu entlarven, Abtruennige mit feierlichem Protest dem Fluch aller Zeiten preiszugeben? Beim Rollen und Donnern der Kanonen, bei den Salven, die auf Volkshaufen abgefeuert wurden, beim Krachen des beginnenden Barrikadenbaues trieb die aufgeregte Phantasie, die Liebe zum Vaterland, zur Freiheit, ja wohl auch nur die Vorstellung von unbesonnenen, falschen, der naechsten Klugheit widersprechenden Massregeln die sonst ruhigsten Gemueter in die Vorzimmer der Minister, in die Kabinette der Fuersten, um ihre Meinungen geltend zu machen. Jeder Tag brachte neuen Zuendstoff, um die Gemueter in Flammen zu setzen; und was Varnhagen hier oft nur mit kurzen Worten niederschrieb: "Es sind Schurken, Halunken, Boesewichter!" das alles wurde oft genug von uns selbst ausgerufen oder zwischen den Zaehnen gemurmelt. Es liegt uns die treueste, die lebendigste Vergegenwaertigung einer Zeit vor, die leider fuer die Wiederaufnahme dessen, was sie uns haette bringen sollen, mit einem unfruchtbar und nutzlos voruebergehenden Jahr nach dem andern sich uns schon zu weit zu entruecken droht. Eine junge Generation tritt immer mehr in den Vordergrund, ohne jene Zeit erlebt, ihre Erfahrungen benutzt zu haben. Es waere ein unermessliches Unglueck fuer unser Vaterland, wenn die Stunde der Erloesung von unsern gegenwaertigen, von den Regierungen ja selbst fuer unhaltbar erklaerten Zustaenden zu einer Zeit schluege, wo die Lehren der Jahre 1848 und 1849 bereits vergessen waeren.

Deshalb schon und um dieser nuetzlichen Vergegenwaertigung der Lage willen, in welche Deutschland bei einer verhaengnisvollen Krisis immer wieder aufs neue wird geraten koennen, sollte man das Exzentrische dieser Publikationen mit Ruhe hinnehmen. Manche von denen, die hier als "Schurken" und "Halunken" bezeichnet werden, leben allerdings noch, aber sie moegen doch nicht glauben, dass man sie um deshalb, weil sie hier so genannt worden sind, nun wirklich dafuer halten und in der Geschichte als solche stempeln wird. Viele davon moegen ernsthaft genug ihr Teil verschuldet haben, aber auch diese moegen annehmen, dass die oeffentliche Meinung an ihre Reue und an manche bessere Besinnung glaubt. Vor allem verraet der Ton dieser beiden neuerschienenen Baende, dass der Verfasser der "Tagebuecher" wirklich an der Zeit krank war und ueber die Taeuschung seiner Hoffnungen oft sein Herz brechen fuehlte. Die Wahrheit, mit welcher dieser Schmerz empfunden und geschildert wird, ist in der Tat erschuetternd und versoehnt uns nicht nur mit der Herbheit seiner Aufzeichnungen selbst, sondern ueberhaupt mit manchen Zuegen in Varnhagens Charakter, mit welchen wir uns frueher nicht hatten befreunden koennen. Wir begegnen hier einem Glauben an die Rechte der neuen Zeit und an den letztlichen Sieg der Freiheit, einem Glauben an den Wert und den Adel des Volks, wie er sich schoener nicht in den Werken der beruehmtesten Freiheitshelden, nicht reiner bei Franklin findet.

Auch diese neuen Baende werden vielen Federn

Anlass bieten, in mannigfacher Weise auf ihren interessanten Inhalt einzugehen. Unserer Zeitschrift fehlt dazu der Raum. Nur eine Bemerkung wollen wir nicht unterdruecken, die auf den politischen Charakter Preussens und Berlins geht. Jene Jahre waren allerdings die der allgemeinen Verwirrung, aber am verworrensten sah es doch wohl in Berlin aus. Wir denken hierbei nicht an die Bassermannschen Gestalten, nicht an die ratlose, hin und her geaeffte Buergerwehr, nicht an den zu allen Zeiten schwer zu bewaeltigenden Strassengeist Berlins, sondern an die Sphaere der Intelligenz und der privilegierten Politiker. Letztere rekrutierten sich eigentuemlicherweise aus frondierenden Beamten und pensionierten oder auf Disposition gestellten Militaers, wie denn Varnhagen selbst ein solcher zur Disposition gestellter Diplomat war. Das Hin und Her, das Zutragen, Besserwissen, die Medisance, das Klatschen gerade dieser Sphaere ist so hoechst auffallend, dass man die Gefahren des Throns weit weniger versucht wird in der demokratischen Sphaere zu suchen als da, wo der Thron seine Stuetzen zu suchen pflegt. Eitelkeit, Unzuverlaessigkeit, Rachsucht, haemische Schadenfreude verbinden sich hier mit einer muessiggaengerischen Phantasie, die unausgesetzt sich selbst und andere alarmiert und an einen Nachen denken laesst, der im Sturm nur durch die Unruhe und das Hin- und Herlaufen seiner Passagiere untergeht. Dies ist ein bedenklicher Charakterzug jener Menschen und Gegenden, welche bekanntlich die deutsche Hegemonie und im Fall der Gefahr unsere Kriegsfuehrung anstreben. Denkt man sich diese spezifisch berlinisch-preussischen

Elemente beim Beginn eines Feldzugs oder am Vorabend einer Schlacht, so darf uns so ausserordentlich viel Weisheit, so ausserordentlich viel (nur durch die Furcht!) aufgeregte Phantasie, verbunden mit der im schwatzhaftesten Dreiachteltakt gehenden Suada, die niemanden zu Worte kommen laesst, ernstliche Besorgnisse einfloessen.

*****

III. Drei Berliner Theatergroessen

Ernst Raupach (1840)

Raupach scheint jetzt Berlin gegenueber einen
schweren Stand zu haben. Selbst seine Freunde
fuehlen sich in der Teilnahme, die sie ihm sonst zu
schenken pflegten, erschoepft. Und doch find' ich,
dass seine neuern Sachen nicht schlechter sind, als
die frueheren, dass sie denselben Zuschnitt haben
und dieselbe Kenntnis der Buehneneffekte verra-
ten. Sollte vielleicht die sehr glueckliche Stellung
dieses Mannes beneidet werden? Raupach hat von
der koenigl. Buehne einen jaehrlichen Gehalt von
600 Talern und bezieht fuer jeden Akt seiner Dramen ausserdem noch 50 Taler. Seine Dramen
(muessen) zwar nicht angenommen werden, aber
sie werden es fast immer, jedenfalls wird jedes an-
genommene Stueck ausserordentlich beguenstigt
und kann auf schnellste Erledigung rechnen. Wie
schoene Kraefte koennten nicht fuer die Buehne
gewonnen werden, wenn man andern dramatischen Talenten nur einen Teil dieser Beguenstigun-
gen zuwendete! Denn nur aus einem intimen An-
schliessen an eine Buehne, die willfaehrig selbst
schwaechere Versuche darstellte, kann Lust und
Kraft fuers Theater gezeitigt werden. Wird man
seiner Fehler nicht ansichtig, so lernt man niemals,
sie vermeiden. Dass Raupachs Stellung fuer die in
der dramatischen Literatur aufkeimende Bewegung hemmend ist, liegt auf der Hand. Seine weit-
bauschigen Dramen werden an der hiesigen Buehne nach alten eingegangenen Verpflichtungen be-
vorzugt und jaehrlich nur vier solcher Dramen —

und den andern ist die Haelfte der Theater-Abende und Memorial-Vormittage entzogen.

Eine Frage ist auch die: (Was treibt Raupach, Dramen zu schreiben?) Der Ehrgeiz, sich als Theater-Dichter zu bewaehren? Nein, er ist dafuer anerkannt. Eine innere Notwendigkeit, ein Drang des Nichtlassenkoennen? Das schon eher: Ich glaube sogar, dass Raupach nach dem Mass seiner Kraefte von seinen Stoffen begeistert ist. Nun wird man ihm doch gewiss noch zehn Jahre goennen muessen: auf jedes Jahr vier Dramen: macht die Aussicht, aus seinem unverwuestlichen Schaffenstrieb noch 40 Dramen zu erhalten! Sollt' es nicht da eine Grenze geben? Besaesse Raupach die Vielseitigkeit eines Kotzebue, dann waere die Aussicht minder abschreckend. Allein immer derselbe Stelzengang Schillerscher Geschichtsauffassung, immer dieselben den Schauspielern desselben Theaters auf den Leib zugeschnittenen Charaktere — man muss das Publikum bedauern, weil es bei aller Mannigfaltigkeit doch im Grunde nichts Neues sieht, und die Schauspieler, weil sie die Kraft ihres Gedaechtnisses an das nur allzuleicht Vergaengliche verschwenden …

Ludwig Tieck und seine Berliner Buehnenexperimente (1843)

Es bestaetigt sich denn wirklich, dass nach des Sophokles "Antigone" nun des Euripides "Medea" die Ehre hat, vom Koenigl. Hoftheater in Berlin zur Darstellung angenommen und zu demnaechstiger Auffuehrung bestimmt zu sein. Als den Urheber dieses Planes bezeichnet man ziemlich einstimmig den geh. Hofrat Tieck. Mendelssohn ist bereits daran, die Choere zu instrumentieren. Die Philologen freuen sich schon auf die gelehrten Abhandlungen, mit denen sie die Spalten der Berliner Zeitungen werden fuellen koennen.

Die aesthetische, lebendige, durch und fuer die Zeit lebende Kritik kann aber in diese Freude nicht einstimmen. Im Gegenteil muss sie dieses pseudo-artistische Treiben mit gerechtem Unwillen erfuellen. Sie muss es unerschrocken aussprechen, dass die Vergeudung der Kraefte, die eine solche scheinbare Wiederbelebung des verfallenen Staubes alter Zeiten kostet, eine unverantwortliche Beeintraechtigung der Gegenwart ist. Ja, nicht nur eine Beeintraechtigung, sondern eine Beleidigung der Gegenwart.

Tieck missachtet unsere Zeit. Er mag sich in dieser gehaessigen Gesinnung gegen sein Jahrhundert gefallen, wo er will, in seinen Dresdener Leseabenden, unter den Eichen von Sanssouci, ueberall, nur nicht da, wo er durch seinen Einfluss der Gegenwart ihr lebendiges Recht, das Recht des Lebens, entzieht. Ja er mag auf einem Privattheater alle Dramen von Aeschylus bis Holberg nach seinen Angaben vorfuehren lassen, nur eine dem Volk, eine der Zeit und ihren Rechten angehoerende Buehne sollte vor dem Schicksal bewahrt sein, das Opfer dilettantischer Liebhabereien und literarhistorischer Proteste gegen die Mitwelt zu werden. Ist Herr v. Kuestner schwach genug, sich freiwillig, aus Kassenzweck, solchen Chimaeren, die seinem dramaturgischen Bildungsgange gaenzlich fremd, hinzugeben, — so ist dies schlimm. Ist sein Einfluss so gering, dass er unfreiwillig der gehorsame Diener der ihm angedeuteten Wuensche sein muss, — so ist es noch schlimmer.

Das Mittel, welches Ludwig Tieck ergreift, um unserer Zeit seine gruendliche Verachtung zu erkennen zu geben, ist ein dilettantisches Experiment, welches, auf Sand gebaut, einen Nutzen fuer Kunst und Literatur nie und nirgends bringen kann. Wird uns "Antigone" bessere Liebhaberinnen, wird uns "Medea" bessere tragische Muetter bringen? Beduerfen wir in einer Zeit, wo es der Schauspielkunst gerade an der Wahrheit der Natur und den unmittelbaren Affekteingebungen gebricht, jambenkundige Verssprecher und Verssprecherinnen? Beduerfen wir zur Belebung des Sinnes fuer hoeheres Schauspiel solcher Hilfsmittel, die, ueberwiegend von der Musik unterstuetzt, durchaus ein fuer das rezitierte Drama nur zweideutiges Ergebnis erzielen koennen? Ist die Weltanschauung der antiken Tragoedie eine erhebende fuer das Christentum, eine belehrende fuer den modernen Dichter, der ein ganz anderes Fatum zu schildern hat, als das blinde, hoffnungslose, starre antike? Werden Dichter, Schauspieler und Publikum sich durch solche aus der Luft gegriffene Mittel bessern, vervollkommnen, veredeln?

Ich hoere, ein derlei praktischer Nutzen wuerde auch mit den Zitierungen jener klassischen Gespenster gar nicht bezweckt. Nun denn, so sei es die Sache an sich, so sei es das reine Experiment des Literarhistorikers, der befriedigte Gusto des artistischen Gourmands. Dann muss man herzlich die Taeuschung bemitleiden, in welcher sich jeder befindet, der diese von Lampen erhellte, im Zimmerraum eingeschlossene und von moderner Musik unterstuetzte Tragoedie fuer die griechische der alten Welt halten kann. Deckt das Dach einer Reitbahn ab, hebt die Parkett- und Parterreplaetze fuer den tanzenden Chor auf, gebt etwas, das ungefaehr aussieht, wie die Ruinen alter Theater in Rom und Sizilien, und wir wollen unsere Gymnasiasten klassen- und coetusweise in eure antiquarischen Spielereien fuehren! Das, was uns da als des Sophokles "Antigone" und als des Euripides "Medea" gegeben wird, ist aber auch nicht die Sache an sich, ist nicht eure unschuldige Gelehrsamkeit, nicht eure harmlose Freude am Gewesenen. Nein, einen Wechselbalg schiebt ihr uns unter mit ganz offen polemischer Tendenz. Ihr luegt dem Publikum ein Kunstgenre vor, das nie existiert hat, als in eurer Eitelkeit, eurem Hasse gegen die Gegenwart, die das Unglueck hat, juenger zu sein als ihr! Um von den "Goetzen des Tages" abwendig zu machen, erfindet ihr falsche Goetter, Goetter, die nie existiert haben, Heroen bei Lampenlicht, Oelgoetzen, Oedipe mit Souffleurkastenbegeisterung, Kreons, die auf Abgaenge spielen, Choere, die sich auf den Kontrapunkt verstehen! Luege ist euer Beginnen, Zwitterwesen, luftige Seifenblase, aus Tonpfeifen erzeugt! Schaemt euch, so eure Zeit zu betruegen und die Kunst zu hintergehen.

Der Grundzug der ganzen literarischen Laufbahn Tiecks ist die Frivolitaet. Frivol nenn' ich alles, was Maschine ist und sich fuer Organismus ausgibt, alles, was Luft ist und Erde sein will, alles, was Willkuer ist und den Schein der Notwendigkeit annimmt. Nie ist Tieck ueber das belletristische Prinzip hinausgekommen, nie durchgedrungen zur sittlichen Idee aller Kunst. Nie war ihm etwas anderes heilig als die Form; Inhalt war ihm laestig, Ernst drueckend, das Erhabene nur willkommen, wenn es moeglicherweise in den Scherz umschlagen konnte. Wer liesse ihn nicht in dieser seiner Art gewaehren? Er sei, er bleibe ironisch, aber die Ironie hat ihre Grenzen. Die Ironie hoert auf, wo die Tendenz beginnt. Wir meinen unter Tendenz nicht irgendeine Pedanterie der Wissenschaft oder eine Tyrannei der Kunst, wir meinen jene Tendenz vom Willen zur Tat, vom Mittel zum Zweck, vom Anfang zum Ende. Sei ironisch im Sommernachtstraum deiner Haeuslichkeit, deiner Novellen, sei ironisch unter den Puck- und Trollgeistern, die dich im gruenen Waldrevier deiner Talente bewundern und bedienen — aber lass vor den heiligen Raeumen des Ernstes deine Schelmenkappe zurueck: Geschichte, Moral, Volksbildung, Kritik und die Buehne, was sie jetzt ist, die Buehne als Traeger und Organ hoeherer Sittlichkeit: das sind Begriffe, in welcher die Ironie wenigstens nicht als Regulator auftreten darf.

Blickt man auf Tiecks literarische Laufbahn zurueck, so muss sich unwillkuerlich die Stirne runzeln. Was sieht man? Einen regen, berufenen, reichausgestatteten Geist, der von seinen Gaben keinen Gebrauch zu machen weiss, wenigstens keinen, der ueber einige heitere und witzige Schriften hinausging. Das Theater schien sein naechster

Beruf. Er waere gern Schauspieler geworden und wuerde in dieser Laufbahn, von der ihm Schroeder abriet, vielleicht Grosses geleistet haben. Er persiflierte in seinen unauffuehrbaren Komoedien Iffland, ohne auch nur die Spur eines Ersatzes fuer ihn geben zu koennen. Er und seine Genossen, die Schlegel, machten Richtungen laecherlich, von denen sie spaeter eingestehen mussten, dass sie noch lange nicht so verderblich waren, wie die ohnmaechtigen romantischen Produkte, ueber welche Tieck in seinen spaetern dramaturgischen Blaettern berichten musste. Aus Verzweiflung, dass "Ion", "Alarcos", "Oktavian" usw. fuer die persiflierte Richtung keinen Ersatz boten, warf man sich auf Calderon, Shakespeare, Goethe, die man wiederum so ueberpries, dass sich zwischen Altem und Neuem foermlich eine unueberschreitbare Kluft oeffnete und der Begriff des Klassischen ins Ungeheuerliche, schier Anbetungswuerdige erstarrte. Tieck, der das zu allen Perioden seines Lebens Neue nur immer tadeln, das Alte aber ueberschwenglich nur loben konnte, Tieck hat bei unleugbar reichen Mitteln, bei unleugbarer Buehnenkenntnis, nicht ein einziges Buehnenstueck schreiben koennen. Nicht ein Trauerspiel, nicht ein Lustspiel, vom Schauspiel zu schweigen, das diese romantische Koterie nicht auf die unbesonnenste und noch jetzt, fuer jeden Produzierenden gefaehrlichste Weise in Verruf gebracht hat. Bei so viel Witz, bei so viel dramatischer Routine nicht ein Lustspiel! Freilich muss das Bewusstsein solcher Ohnmacht an dem ehrgeizigen Manne nagen und ihn gegen seine Zeit so missstimmen, dass er sich lieber in die antike Buehne wirft, als frei und tuechtig der Gegenwart Rede zu stehen....

Madame Birch-Pfeiffer und die drei Musketiere (1846)

Herr von Kuestner scheint sich als General-Intendant zu halten. Eine Einnahme von 220 000 Talern soll lebhafter fuer ihn gesprochen haben, als alle Verteidigungen der Presse, als saemtliche Paragraphen seines mit Unrecht angefeindeten "Theater Reglements". Ob diese Einnahme rein als eine Folge der guten Verwaltung oder nicht vielmehr ueberwiegend ein notwendiges Ergebnis der gesteigerten Theaterlust und des durch die Eisenbahnen vermittelten Fremdenzuflusses ist, steht dahin. Jedenfalls ist es gefaehrlich, bei Kunstinstituten, die doch die Berliner Hoftheater sein sollen, einen zu grossen Nachdruck auf Zahlen zu legen. Die Leidenschaft fuer "Ueberschuesse" ist eine der gefaehrlichsten Intendanten-Krankheiten. Sie kann sich in ein hitziges Fieber verwandeln, bei welchem sich alle Begriffe von Geschmack und Kunstsinn verwirren.

Ich sagte, die neuen Berliner Theatergesetze waeren mit Unrecht angefeindet worden. Sie lesen sich streng, waren aber den eingerissenen alten und den zu verhuetenden neuen Missbraeuchen gegenueber eine Notwendigkeit. Bei ihrer Abfassung haette konstitutionell verfahren werden sollen, d.h. die Mitglieder der Koeniglichen Buehne haetten in die Gesetzgebungs-Kommission eine Anzahl Repraesentanten muessen waehlen duerfen. Aller Zeitungslaerm und Kulissenaerger waere durch dies konstitutionelle Verfahren vermieden worden. Die Gesetze jedoch, die nun da sind, flossen aus einem Bewusstsein, das offenbar nur das Gute wollte und denselben Willen bei jedem treufleissigen Kuenstler voraussetzte. Dagegen sich auflehnen und einen Laerm schlagen, als wenn dem redlichen Kuenstlerstreben das Palladium der Freiheit entwendet waere, verraet geringe Ueberlegung. Die Theatergesetze des Herrn von Kuestner sind nicht ohne Fehler, aber in den Hauptgrundsaetzen nur zu billigen.

Auch Verbesserungen des Personals scheinen wenigstens im Schauspiel beabsichtigt zu werden. Dem Fraeulein von Hagn soll die Last, das ganze Repertoire auf ihrem schoenen griechischen Nakken zu tragen, endlich erleichtert werden. Sie fuehlt sich gewiss sehr gluecklich, einen Teil ihrer Rollen an andere abzugeben und, wenn sie verreist (was sie waehrend drei der besten Theatermonate darf), ihre Partien in andern Haenden zurueckzulassen als in denen ihrer Schwester Auguste. Fraeulein Viereck ist vom Wiener Burgtheater, das einen wahren Blumenflor der besten weiblichen Buehnenkraefte besitzt, nach Berlin uebergegangen, eine hohe, plastisch edle Erscheinung, von etwas herbem Ton und noch nicht taktfest in empfindungsvollen Modulationen des Vortrags, jedenfalls mehr die Rollen repraesentierend, als sie schaffend; doch wird das Talent dafuer sich schon mit den Rollen entwickeln. Was Fraeulein Viereck nicht besitzt, diesen unmittelbaren poetischen Ausbruch einer "freud- und leidvoll" bewegten weiblichen Natur, das wird Fraeulein Wilhelmi aus Hamburg bringen, ein Talent, das an der Elbe hochgeruehmt wird und, wie man vernimmt, gleichfalls von der grossmuetigen Entsagung des Fraeuleins von Hagn Vorteile ziehen wird. So bildete sich ja in Berlin ein Verein von Liebreiz und Talent, dessen Erwerbung Herrn von Kuestner alle Ehre macht. Clara Stich fuer die Naivitaet, Charlotte von Hagn fuer die keck gestaltende, geniale weibliche Charakterrolle, Fraeulein Viereck fuer die Salondamen, Fraeulein Wilhelmi fuer die schwungvollen jugendlichen Heldinnen der Tragoedie, Frau von Lavallade fuer duldende und zurueckgesetzte Gemueter, Madame Crelinger fuer die Medeen und Dr. Klein'schen Zenobien, Madame Birch-Pf - - - -.

Halt! Wir kommen aus der Sphaere des Personals in die des Repertoires; denn es scheint, als haette Herr von Kuestner die fruchtbare Buehnendichterin mehr aus Ruecksicht auf ihre Feder, als auf ihre Darstellungsgaben engagiert. Sie ist ihm als Schriftstellerin benoetigter, denn als Mimin. Er wuenschte ihre Stuecke gleich aus erster Hand zu haben und benutzte eine durch den Abgang der Madame Wolff entstandene, allerdings gewaltige Luecke, um diese mit Madame Birch-Pfeiffer auszufuellen.

Ich habe die Verfasserin des "Hinko" in meinem Leben zweimal spielen sehen. Vor dreizehn Jahren in Muenchen die Maria Stuart und vor zwei Jahren in Frankfurt am Main Maria Theresia. Beide Male hinterliess sie mir einen sozusagen grossartigen Eindruck. Es war etwas Volles, Gerundetes in ihrer Leistung. Das klangvolle Organ sprach zwar etwas den bayrischen Dialekt, was fuer Maria Stuart eine eigentuemliche Nuance war; aber auf Maria Theresia passte ohne Zweifel die oberdeutsche Mundart; denn Maria Theresia hat schwerlich je so gesprochen, wie ein Mitglied der Koeniglichen Buehne in Berlin sprechen sollte. Madame Birch-Pfeiffer stattete die Kaiserin mit vielem Gemuet und mancher derben Gestikulation aus. Kenner wollten finden, dass sie uebertreibe, andere, dass sie monoton waere. Genug, ueber ihre Verdienste als Kuenstlerin gestehe ich, kein Urteil zu haben.

Auch gegen ihre Stuecke wage ich, selbst Dramatiker, nichts zu sagen. Sie ist weit mehr als unsere deutsche Madame Ancelot. In Paris wuerde sie wie der Koloss von Rhodos das ganze Repertoire vom Odeon jenseits der Seine bis zu den Delassements comiques am Boulevard du Temple beherrschen. Sie wuerde klassisch sein fuer das Theatre francais, romantisch fuer die Porte St. Martin. Sie wuerde sich bald von ihrer eigenen Phantasie, bald von deutschen und englischen Romanen (nicht von franzoesischen, denn dem franzoesischen Romandichter muss der Dramatiker sein Sujet abkaufen!) befruchten lassen. Die Buehnenkenntnis, die Kulissen-Phantasie, die Lampen-Rhetorik dieser Schriftstellerin ist selbst ueber eine kuehle Anerkennung erhaben. Ihr Talent lobt sich selbst.

Dennoch ist es ein Unglueck, dass Herr von Kuestner in seiner Bewunderung von Madame Birch-Pfeiffer zu enthusiastisch ist. Er sollte sich darin maessigen. Er sollte einsehen, dass ein Stueck mit folgendem Titel:

(Anna von Oesterreich.

Schauspiel in vier Abteilungen und sechs Akten,
nach dem Roman:

Die drei Musketiere von Alex. Dumas, frei bearbeitet von Charl. Birch-Pfeiffer.

Erste Abteilung. Ein Taschentuch.

Zweite Abteilung. Der Musketier.

Dritte Abteilung. Der Kardinal

Vierte Abteilung. Zwoelf Tage spaeter.)

mit oder ohne diese Titel-Aushaengeschilder nicht
auf die Koenigliche Buehne gehoert. Herr von
Kuestner sollte sich hueten, seinen Gegnern mit
solchen Fehlgriffen die Waffen in die Hand zu geben.

Aber in der Tat! Diese drei Musketiere haben sich
vom Alexanderplatz auf den Gensdarmenmarkt
verirrt und werden, statt ueber die Koenigsstaedter ueber die Koenigliche Buehne schreiten.
Die Rollen sind ausgeteilt. Hendrichs, Doering, die
Hagn, die Crelinger, die besten Truppen ruecken
fuer Alexandre Dumas und seine in die Uniform
der Madame Birch-Pfeiffer gesteckten drei Musketiere ins Feld. Herr von Kuestner glaubt die hohe
Aufgabe, jaehrlich sich mit 220 000 Talern zu
"rechtfertigen", nur durch ein solches Repertoire
loesen zu koennen. Wenn auch Graf Bruehl sich im
Grabe umdrehen sollte, wenn auch Graf Redern,
auf dem Trottoir Unter den Linden einen Augenblick still stehend und den neuesten Theaterzettel
an einer Strassenecke lesend, laecheln, hoechst ironisch laecheln sollte, Herr von Kuestner fuehrt
doch die drei Musketiere der Madame Birch-

Pfeiffer auf!

Frueher war das Verhaeltnis so: Wenn Madame Birch-Pfeiffer ein Stueck gezeitigt hatte, so kam es an die General-Intendantur. Graf Redern sah, ob diese Arbeit von der fruchtbaren Schriftstellerin selbst herruehrte oder ob sie sich, wie Kuehne sagte, wieder einen Roman "eingeschlachtet" hatte. Die Originalversuche, z.B. "Rubens in Madrid", "Die Guenstlinge" usw. wurden mit Courtoisie angenommen und gegeben; die "Wuerste" aber gingen hinueber in die Koenigsstadt. Dort wohnten die Hinkos, die Pfefferroesels, die Scheibentonis und wie die edlen Gestalten alle heissen, die Madame Birch-Pfeiffer nicht selbst geschaffen hat, sondern aus den Romanen Storchs, Doerings, Spindlers, Bulwers usw. mit der daranhaengenden Handlung entlehnte. Auch die drei Musketiere wuerde Graf Redern (nicht als Kavalier, sondern als Kunstrichter!) in die Koenigsstadt geschickt haben.

Herr von Kuestner, der noch kein einziges Drama von Julius Mosen gegeben hat, befolgt ein anderes System. Er wirbt die drei Musketiere bei sich an, stattet sie mit Glanz aus und wuerde auch "Den ewigen Juden", wenn ihn Mad. Birch-Pfeiffer "bearbeitet" haette, ohne Zweifel fuer sich behalten haben. Ich meine nun, dieses System waere sehr verwerflich und der allgemeinsten Entruestung wuerdig. Ich meine, die Vorgesetzten des Herrn von Kuestner muessten ihm entschieden andeuten, dass es dem preussischen Staate mit den 220 000 Talern oder, anders ausgedrueckt, mit dem Ueberschusse von einigen tausend Talern nicht so dringend waere. Ich meine, dass sogar Mad. Birch-Pfeiffer so bescheiden haette sein und sagen koennen: "General-Intendant, Sie revoltieren die Presse! Geben Sie die Stuecke, die schon zehn Jahr im Pulte der Regie liegen! Machen Sie mir keine Feinde!" Allein Macht und Uebermut gehen Hand in Hand. Die Leute dort denken: Solange wir im Rohre sitzen, schneiden wir uns unsere Pfeifen …

Deshalb weise Herr von Kuestner seinen ueber die Massen protegierten Guenstling in die Schranken, die ihm gebuehren! Vielleicht glaubt man mir's, vielleicht nicht, dass ich mit schwerem Herzen an die Abfassung dieser Zeilen gegangen bin. Ich achte jedes wahre Talent auf der Stufe seines Wertes. Ich habe noch nie gegen Mad. Birch-Pfeiffer geschrieben; ich goenne ihr alle nur erdenklichen Erfolge ihrer resoluten Feder; ich will mich am wenigsten auf eine Analyse ihrer Original-Dramen einlassen, ich will nicht spotten und selbst fuer die ironischen Stellen dieses Protestes um Nachsicht bitten. Aber die herbste Missbilligung treffe Herrn von Kuestner, der monatelang keine Neuigkeiten auffuehrt, in den Berliner Zeitungen offiziell das Publikum von dieser oder jener maskierten Vorbereitung unterhaelt und dann ploetzlich in aller Stille, zur guenstigsten Theaterzeit, mit einer Birch-Pfeifferiade, die in die Koenigsstadt gehoert, hervortritt! Werden die Berliner Zeitungen das in der Ordnung finden? Werden sie alle vor "den drei Musketieren" ins Gewehr treten? Ich fuer mein Teil, selbst wenn ich nie eine Zeile fuer die Buehne geschrieben haette, wuerde es unverantwortlich finden, dass die Berliner Hofbuehne diesen, aus

schnoeder Gewinnsucht oft in nicht vierundzwan-
zig Arbeitsstunden zusammengeschriebenen Fa-
brikenkram in ihr Repertoire aufnehmen darf.

* * * * *

IV. Aus dem literarischen Berlin

Der Sonntagsverein (1833)

Wer kennt nicht den Berliner Sonntagsverein, den Rival der Mittwochsgesellschaft? Wenigstens ist es noch nicht vergessen, dass der wirkliche Geheime Intendanzrat Saphir vor vier, fuenf Jahren in Berlin jenen ersten Verein gruendete und ihn witzig nicht die sondern den Sonntagsgesellschaft nannte, um jede Beziehung auf die Sontag in diesem Namen zu unterdruecken und bei der Nachwelt der Vermutung zuvorzukommen, als sei Willibald Alexis, der Enthusiast, jenes Vereins Stifter gewesen. Saphir wusste diese Gesellschaft bald zu bevoelkern. Die Zahl seiner Schueler und Verehrer war beinahe ebenso gross als die seiner Feinde. Saphir zeigte, dass der Witz nichts gelernt zu haben brauchte, dass die Phantasie alle Luecken ausfuelle und der Goetterfunke auf keine Schulzeugnisse sehe. Das war das Signal zu einer Autorensaat, die aus den seinen Gegnern ausgeschlagenen Zaehnen aufwuchs und sich mit Begeisterung unter seine Fahne stellte.

Die Seidenwarenhaendler in der Breiten Strasse tobten, dass ihre Ladendiener, statt die Waren richtig zu messen, Versfuesse massen, um Scharaden, Logographe und Raetsel zu machen, die sie am folgenden Tage mit klopfendem Herzen in Saphirs Blaettern abgedruckt sahen. Die Kopisten auf dem Stadtgerichte sollten Ehescheidungsdekrete, Verfuehrungsgeschichten und Schlaegereien ins Reine schreiben und uebten sich in der literarischen Polemik, mit der sie dem Satir in der Behrenstrasse immer willkommen waren. Die Studiosen, die bei Savigny die Pandekten hoerten, machten humoristische Ausfluege und beschwerten das Felleisen der "Schnellpost" und des "Couriers", dieser weltbekannten Institute ihres grossen Generalpostmeisters. Gar nicht zu erwaehnen, dass fuer die Juden ein ewiges Laubhuettenfest der Poesie angebrochen war, dass sie sich ihre satirischen Adern oeffnen liessen und unter dem Schutze ihres grossen Messias alles taten, wozu er selbst sie die Handgriffe lehrte. Damals bluehte die Sonntagsgesellschaft und trug herrliche Fruechte, von denen sie zum Besten der Ueberschwemmten vor Jahren einige Spenden bekannt machte. Spaeter kam die Gesellschaft unter den Vorsitz meines liebenswuerdigen Freundes Oettinger. Dann kam die Reihe an die Letzten, um die Ersten zu werden. Diese sind auch noch heute der Stamm, sie haben sich von Saphir emanzipiert und hoeren nicht gern, dass man sie an die Schule ihrer Talente erinnert. Die beiden vorliegenden Baende ["Rosetten und Arabesken. Novellen, poetische Gemaelde und satirische Skizzen der juengern Serapionsbrueder. "] fuehren den Nebentitel "Spenden aus dem Archive des Sonntagsvereins" und geben den Massstab fuer das, was dieser war, ist und sein koennte.

Zwanzig Koepfe haben hier ihre Phantasien, ihre Ideen, ihre Einfaelle und Ausfaelle mitgeteilt. Jede Kunstform hat ihren Repraesentanten gefunden, und man ist zweifelhaft, nach welchem Gesichtspunkte man die grosse Zahl sondern soll. Darf ich nach den Vornamen gehen? Dann kaemen z.B.

Ludwig Schneider und Ludwig Liber zusammen, die freilich auch zusammen gehoeren, weil sie kuerzlich mit zwei grossen goldnen Verdienstmedaillen belohnt worden sind, Ludwig Schneider (auch Both genannt), der das Glaubensbekenntnis eines Landwehrmanns geschrieben hat, und Lieber Ludwig, wollt' ich sagen, Ludwig Liber, von dem "Herzensergiessungen ueber die richtige Mitte" ausgegangen sind. Doch, wie gesagt, das ist alles zu weitlaeufig und ich begnuege mich nur anzuzeigen, dass diese beiden Baendchen eine Musterkarte von Trivialitaeten, geistlosen Gedankenspaenen, kurz von literarischen Berolinismen sind, einzelne Sachen von Heinrich Smidt, W. Fischer und selbst Schneider ausgenommen. Und selbst der Mittlere sagt in einem Neujahrsliede zum Jahre 1832:

Es schwand ein Jahr, und welch ein Jahr vorueber!
Vergebens sucht Ihr es im Buch der Zeit!

Wie billig, fragt man den Verfasser, wo es denn geblieben sei? Solcher Ungereimtheiten findet man zu Dutzenden. Die "satirischen Kleinigkeiten" von Wilhelm John erregen allerdings Gelaechter, weil sie bewunderungswuerdig fade sind. Man hoere: "Die Erfahrung der letzten Zeit hat gelehrt, dass Enthusiasten haeufig Esel, aber Esel niemals Enthusiasten sind. Hieraus koennte man schliessen, der Enthusiasmus sei eine solche Eselei, dass sich nur Enthusiasten, aber keine Esel dazu verstehen koennen." Wie dumm! Ferner: "Die groebsten Ausfaelle werden gewoehnlich am meisten gegen diejenigen gerichtet, welche die feinsten Einfaelle haben." Ich haette Lust, das erste Glied dieses Satzes wahr zu machen, wenn unser John Bull es nur mit dem zweiten koennte. Ferner: "Der Witz des Poebels gleicht mitunter dem rohen Metall, das nur der Politur bedarf, um zu glaenzen." Herr John, Sie werden doch nicht auf sich selbst sticheln? "Die Sucht, originell zu sein, hat das Originelle an sich, dass sie Narren bildet." Ach! Es ist genug.

Die Metamorphose von Herrn Smidt ist eine geistvolle Phantasie, die dem Verfasser Ehre macht. Doch kommt von den Novellen keine ueber dies Mittelmass hinaus.

Cypressen fuer Charlotte Stieglitz (1835)

Heraus aus deinem Schneckenhause, du deutscher Gallert, Volk genannt! Heraus aus deinen ohnmaechtigen Zweideutigkeiten, du lederhaeutiger Eunuch! Was wollt Ihr mit Moral, mit dem Stolz auf Eure gesunde, rotbaeckige, laechelnde Vernunft? Wie weit kommt Ihr mit Eurem Achselzucken, Eurer Pruederie und Eurer sittlichen Traegheit, die sich gern auf die grossen Fragen der Weltgeschichte streckt und sich damit bruestet, die kleinste Pfeife der grossen Orgel zu sein? Eure Grundsaetze sind morsch geworden, da Ihr sie in den Boden der Geschichte nicht mit brennenden Spitzen eingepfaehlt habt. Zitternd muesst Ihr fuehlen, dass Ihr bei dem ewigen Sichhingeben, gleichviel ob an die Ordnung der Dinge, wie sie ist, oder wie sie veraendert werden soll, recht klein, zusammengeschrumpft, unbedeutend und nichts als eine Zahl zu andern Tausenden geworden seid! Ihr erschreckt, dass es noch Menschen gibt, welche den innern Prozess der Seele durchmachen; die mit blutigem Schweisse daran arbeiten, in den Geheimnissen des Geistes ein Gebaeude aufzubauen, und sich lieber unter seinen Truemmern begraben, als dass sie die Welt so hinnaehmen, wie sie auf der Strasse, in der Schule, in der Kirche, in der Konversation Euch geboten wird! Seit dem Tode des jungen Jerusalem und dem Morde Sands ist in Deutschland nichts Ergreifenderes geschehen, als der eigenhaendige Tod der Gattin des Dichters Heinrich Stieglitz. Wer das Genie Goethes besaesse und es schon aushalten koennte, dass man von Nachahmung sprechen wuerde, koennte hier ein unsterbliches Seitenstueck zum "Werther" geben. Denn es sind ganz moderne Kulturzustaende, welche sich hier durchkreuzen, und doch ist der Grabeshuegel, der aus ihnen hervorragt, wieder so sehr Original, dass die Phantasie des Dichters nicht lebendiger befruchtet werden kann.

Ein Geistlicher hat an dem winterlichen Grabe dieses Weibes ueber ihr Beginnen den Fluch ausgesprochen. Es war seines Amtes. Aber wir sind nicht alle ordiniert und auf das Symbol geschworen, und doch hoert man rings von ungeheurer Verwirrung summen, von Nervenschwaeche, von falscher Lektuere und alles schlaegt sich stolz an seine Brust, die etwas aushalten kann, und kehrt pfiffig die Eingeweide seines Verstandes heraus, um zu zeigen, wie gesund, ohne Verknotung, ohne allen Mangel sie sind: Und sie zeigen lachend die Matrikel ihres Lebens, das sie in Gotha beim Geheimrat Arnoldi versichert haben, und furchtsame, aber kuehne Philosophen behaupten den alten elenden Satz, dass Selbstmord die unzulaenglichste Feigheit verrate. Wenige nur ahnen es, dass hier eine ungeheure Kulturtragoedie aufgefuehrt ist, und die Heldin des Stueckes bis auf den letzten Moment fuer zurechnungsfaehig erklaert werden muss vor dem Tribunal einer Meinung, die die Wehen unsrer Zeit versteht. Es gilt hier ueberhaupt nicht das Urteil, sondern die Erklaerung.

Das erste Motiv des tragischen Aktes ist auch hier die Liebe; denn es war ein Opfer, das das hehre Weib ihrem Manne brachte. Aber diese Liebe war eine volle, gesaettigte; eine Liebe, die sich an grossen Tatsachen erwaermt, und welche allein imstande ist, Maenner zu begluecken. Es war nicht eine allgemeine, durch das Band der Gewohnheit zusammengehaltene Neigung, die bei den meisten Frauen sich zuletzt auf die Tatsache der Kinder wirft, und von diesen aus den Mann mit einem matten aber treuen Feuer umfaengt. Es war noch weniger jene egoistische Liebe der Schoenheit, die nur um ihrer selbst willen sich hingibt, wo sie Anbetung findet. Sondern das hoechste Ideal der Liebe lag hier vor; eine objektive, fundierte, angelegte Liebe; eine Liebe, die sich auf Tatsachen stuetzt, welche fuer beide Teile des Bandes gemeinschaftlich waren, auf eine Weltansicht, auf wechselseitige Zulaenglichkeit und auf das Lebensprinzip des Wachstums und des Erkenntnisses. Diese Liebe war erfuellt, sie hatte Staffage. Beide Teile standen sich gleich und Eins durfte fuer das Andre nicht verantwortlich sein. Ideen vermittelten hier Kuss und Umarmung. Sinnlicher Plato-

nismus wartete hier; und ich glaube, die jungen
Maenner des Jahrhunderts werden nicht eher
gluecklich sein, bis nicht die Liebe ueberall wieder
diesen idealen Charakter angenommen hat, den sie
sogar vor vierzig Jahren schon hatte.

Charlotte hatte vor dem Todesstosse in Rahels
Briefen gelesen. Rahel wuerde ihren Gemahl niemals haben so ungluecklich machen koennen,
denn sie wollte keine Resultate, wie Charlotte; sie
ergab sich nur dialektischen Umtrieben, dem Genuss, die Dinge von einem ihr nicht angebornen
Standpunkt anzusehen: Rahel zog, wie Lessing,
das Suchen der Wahrheit der Wahrheit selbst vor.
Charlotte kannte diese Resignation des Gedankens
nicht: sie war kein Zoegling der Frivolitaet, wie
Rahel, zu deren Fuessen einst die Mirabeaus und
Catilinas des preussischen Staates und der Periode
1806 gesessen hatten. Rahel war Negation, Brillant-
feuer, Skeptizismus und immer Geist. Sie nahm
keinen Gedanken auf, wie er ihr gegeben wurde;
sondern wuehlte sich in ihn hinein und zer-
broeckelte ihn in eine Menge von Gedankenspaenen, welche immer die Form des Geistreichen und
ein Drittel von der Physiognomie der Wahrheit
hatten. Rahel unterhandelte mit dem Gedanken:
sie war kein Weib der Tat: wie kann sie Selbstmord
lehren! Charlotte war Position, dichterisch, glaeu-
big und immer Seele. Sie beugte sich vor den Rie-
sengedanken der Zeit und der Tatsache, und ihr
Geist fing erst da an, wo es galt, sie zu ordnen.
Charlotte war System: und weil sie nicht alles
kombinieren konnte, was die Zeit brachte (koennen wir's?), so blieb ihr nichts uebrig, als ihr gros-

ser, starker, goettlicher Wille. Charlotte konnte sterben auch ohne die Rahel. Wie aber und wodurch alles bis auf diese Hoehe kam, wird nur durch Heinrich Stieglitz einzusehen sein; denn wir sagten schon, dass hier nichts ohne die Liebe war.

Heinrich Stieglitz, wie man ihn sieht im braunen Rock und Quaekerhut, luftdurchschneidend, in stolzer und berechneter Haltung, ging aus den Bildungselementen hervor, welche vorzugsweise die Berliner seit zehn Jahren charakterisiert haben. Er liebte Hegel, Goethe, die Griechen, die Philologie, die preussische Geschichte und die deutsche Freiheit, russisches Naturleben, polnische Begeisterung, alles ineinander und nebenbei musste er auf der Koenigl. Bibliothek in Berlin mit Bedienten und Dienstmaedchen verkehren, welche fuer ihre Herrschaft die entlehnten Buecher holten, ueber welche er das Register fuehrte. Himmel, Erde und Hoelle lagen hier ziemlich nahe. Wo Einheit? Wo Ziel und Ende? Stieglitz dichtete; man wollte nicht zugeben, dass er originell war. Es ist alles so oed und trist in Deutschland: die Dinge sind alle Geschmackssache geworden, und da, wo in der Restauration Geist, Leben oder meinetwegen auch nur das Aufsehen war und die Tonangabe, fand Stieglitz schneidenden Widerspruch. So geriet er, der mit Hafizen schwelgte und auf den asiatischen Gebirgsruecken sattelte, in Gefechte mit Saphir! Seine Ideale wurden profaniert. Menzel wies ihn kalt zurueck, weil er keine Originalitaet antraf. Die Julirevolution brach an und ergriff auch seine Muse, wie seine Meinung. Da erschienen die "Lieder eines Deutschen", vom Tiersparti vergoettert, und doch vom Repraesentanten des Tiersparti, von Menzel, wiederum nicht anerkannt. Wo ein Ausweg? Stieglitz liebte die Goethesche Poesie und die Freiheit und konnte keine Bruecke finden. Er fuehlte sich unheimlich in dem Systeme des Staates, der ihn besoldete; denn die Fragen der Welt fanden Eingang in sein empfaengliches Herz. Aber auch hier wieder soll alles Meinung, Wahrheit und die Prosa der Partei sein. Ist die Freiheit ohne Schoenheit? Kann man nicht mehr Dichter sein und Stolz der Nation, wie es frueher war, wo der alte Grenadier sang? Ach, der unglueckliche Dichter ging noch weiter in seiner Verzweiflung. Er sass im Schimmer der naechtlichen Lampe, Ruhe auf der Strasse, das weisse Papier, das Leichenhemde der Unsterblichkeit, durstig nach Worten der Unsterblichkeit vor ihm. Im Nebenzimmer schlug Charlotte zuweilen auf das Klavier an. Der Dichter weinte. Denn war ihm eine andere Leiter zum Himmel im Augenblicke sichtbar, als die, welche sich aus einem solchen zitternden Tone aufbaute? Wo Wahrheit? Wo Licht, Leben, Freiheit? Wo alles, was man haben muss, um ein grosser Dichter zu sein? Wo der Hass eines Dante, rechter, tiefer, ghibellinischer Hass; nicht jener Hass, den wir unglueckliche Kinder unsrer Zeit mit einer seltsamen Eiskruste unsrer von Natur weichen Herzen affektieren? Wo die Blindheit eines Milton? Wo der Bettelstab Homers? Wo die Situation eines Byron, geschaffen aus eignem Frevel und der rikoschettierenden Rache des Himmels? Wo Wahrheit und ein grosses, stachelndes, unglueckliches Leben? Ach, nichts als Luege, als heitrer Sonnenschein, reichliches Auskommen und der Bekanntschaft laestiger Besuch. Der arme Heinrich liegt krank an der Miselsucht, wo ist des Meyers Tochter, die sich fuer ihn opfre? Ich meine es treu mit diesen Worten und fuehle, welche tragische Wahrheit in ihm liegt. Sie drueckt den Schmerz unsrer poetischen Jugend aus, von der die altkluge oeffentliche Meinung verlangt, dass sie sich zusammenscharen solle und sich aneinanderreihe, um das zu besingen, was die Weltgeschichte dichtet. So fuehl' ich es wenigstens: vielleicht dachte Stieglitz anders. Vielleicht dachte er an seine Verse und abstrahierte vom Momente; vielleicht dachte er an die Stellung in der Literaturgeschichte und an die Sonderbarkeit, dass gerade Homer, Virgil, Ariost, Petrarca zu ihrer Zeit so viel gemacht haben; vielleicht dachte er nur an die Persoenlichkeit, wie sie zu allen Zeiten unabhaengig von den Zeiten, dichterisch sich ausgesprochen hat: er fand, dass man eine grossartige Staffage seines Schicksals haben muesse, um originell zu sein in der Lyrik, erhaben im Drama, interessant im Infanteristenausdruck, in der oratio pedestris; und lechzte nach einem Ereignis, das sein Inneres revolutionieren sollte.

* 9 7 8 3 9 5 6 5 6 0 3 4 7 *